「不要侮辱我的朋友。」
當我毫不猶豫說出自己的真心話，
那一瞬間，伊莉娜發出了嗚咽。
亞德（第二形態）
前最強的「魔王」。由於實力太強而變得孤獨。數千年後，轉生為平凡的村民，想交到朋友，只是天不從人願……？
The Greatest Maou Is Reborned To Get Friends
史上最強大魔王轉生為村民A
1 顛覆神話的模範生

「我就告訴你，什麼叫做真正的『鉅級熱焰術』。」
亞德（通常版）
「真不愧是我的亞德。」
「簡直就像神話裡的魔王。」
吉妮
被霸凌的魅魔。崇拜有如救世主般拯救了她的亞德，宣言要打造他的後宮？

「這……！」
艾拉德
名門公爵家的子嗣。由於身為貴族，在拉維爾魔法學園擺出旁若無人的態度。

「唔喵唔喵……亞德～……最喜翻你了～」
伊莉娜
充滿正義感的精靈族少女（有點不服輸）。像隻幼犬似的，隨時隨地追著朋友一號亞德跑。

史上最強大魔王轉生為村民A

The Greatest Maou Is Reborned To Get Friends

1

顛覆神話的模範生

下等妙人

Illustration＝水野早桜

Kadokawa Fantastic Novels

CONTENTS

The Greatest Maou Is Reborned To Get Friends
Presented by Myojin Katou
and Sao Mizuno

第一話　孤獨的「魔王」轉生到未來世界

我想了解什麼叫落敗。

不知不覺間，我開始懷抱這樣的期盼而活。

為了將人類從諸神以及侍奉諸神者的支配下解放出來，我花費了大半輩子。因此，我的人生始終與鬥爭同在……

創立軍隊，篡奪國家，屠戮無數英雄，擴大勢力，殲滅諸神。

當我在這條路上走到盡頭……

我——變得和童話裡的怪物一樣，被稱為「魔王」。

民眾以及幾乎所有部下，都再也不把我當人看待。他們只會把我拿去取代諸神，當成敬畏的對象看待。長生到後來，得到的只有孤獨。

所以，我開始期盼自己落敗。因為我想到，只要看到我一敗塗地的狼狽模樣，人們就會認知到，我和他們一樣是人。

但天不從人願……足以打倒我的人，都消失了。

這無可奈何，我的人生似乎走到了瓶頸。然而，希望並未斷絕。

「魔王」瓦爾瓦德斯，多半就是背負著最終要淪為孤獨的怪物而死的命運，誕生到這世上的吧。然而，下輩子也許可以享受不同的命運。

就像從前那樣，和朋友一起歡笑，過著有趣又快活的日子。也許可以走上這樣的人生。

我再也承受不住孤獨，立刻創造了轉生用的魔法。我寫了遺書給部下們，然後發動了轉生魔法。

……於是我呱呱落地了。

就如我所建構的術式，我在遙遠的未來世界，轉生為一個「平均的」人族(Human)。

現在的我，不是「魔王」瓦爾瓦德斯。是平凡的村民亞德．梅堤歐爾。

話說時間過得很快，從我出生，已經過了六年。

我再怎麼樣畢竟是平凡的嬰兒，所以這六年來能做的事情很少——只做到學習語言，以及努力增幅魔力這兩件事。由於我是個平凡的小孩，記性和戰鬥力也都很普通。考慮到這些情形，這六年的時間，我都花在這兩種努力上。

因此，我還沒有朋友。

也還好，現在的我是個普通的村民。因此總有一天會交到一兩個朋友吧。

當時我輕忽了這件事的困難——

季節遞嬗，從我出生已經過了十年……我還沒有朋友。

不過，這也無可奈何。吸收知識是求生所必須的努力，沒有朋友就是我不吝於做出這種努力的結果。因此，這完全是無可奈何。

我幾乎學完了語言後，成天讀著父親的藏書，不斷地吸收這個時代的知識。人生最重要的就是智慧。要得到智慧，就需要許多知識。因此，幾年來一直把自己關在家裡只顧著讀書的我，做的是正確的選擇。

像今天我也前往家中的讀書室，坐在地上讀書。

這用來取代前世居城的住宅，是一棟平凡的木造住宅。比起城堡自然極為狹小，但讓雙親與我三個人住，可以說已經太大了。

我讓屁股承受著地板冰涼的溫度，翻閱歷史書籍，結果……

「看，我就說他在這裡吧？」

「亞德真的好喜歡看書呢～」

打開的門後，傳來雙親說話的聲音。父親名叫傑克，母親名叫卡拉，人種都是人族。兩者都相當美形，但扣掉長相，都是平凡的村民。

「請問有什麼事嗎？」

「沒有，也沒什麼事啦。」

那我就要專心讀書了。

……看樣子，我轉生來到的時代，是距離前世大約三千年後的未來。

我死後，本已統一的世界，經過五百年的時間，分離為無數的國家。儘管經歷過幾次群雄割據的時代，但現在似乎有著一定程度的平穩。

只是那些「魔族」似乎仍然存活，危害這個世界。

尤其最近「魔族」的活動非常醒目。十幾年前，這些「魔族」似乎讓他們的主子，也就是我前世的宿敵「外界神（Outer One）」……在這個時代被稱為「邪神」當中的一尊給復活了。這實實在在是前所未有的大事……但解決這件事的那些人，也同樣破格到了極點。

「大魔導士與英雄男爵啊。區區三個人就打倒『邪神』，真是不得了啊。」

就連生前的我，要解決一尊這種傢伙都得大費周章，他們卻只有三個人就打贏了。

相信不只是因為他們本身非常破格，這個時代的魔法文明已經進化到極高水準，應該也是重大原因。不然「邪神」並不是寥寥數人就能夠打倒的弱小敵人……我正想到這裡——

「哎呀哎呀，呵呵。」

「該怎麼說，實在不好意思啊。」

兩人做出有點奇怪的反應。雖然不知道怎麼回事，但大概沒什麼好在意吧。

於是我專心讀書。

時間過得很快，我長到了十二歲……朋友？沒有這種東西。

不，我是很想交朋友。畢竟我轉生就是為了這個目的。

知識也已經吸收夠了，我是打算差不多該開始交朋友了，可是……

我好怕人。所以，不敢找人說話。

我已經不是「魔王」，但即使如此，人類這種生物，就是很容易拒絕陌生的他人。如果我找人說話，卻被人用「啥？你誰啊？」這樣的目光看待，或是對我說「誰要跟你這種人當朋友？」那該怎麼辦？想到這裡我就很不安，搞得根本不敢找人說話。

……我就招了吧。說什麼修行啦、學習知識啦，這些全都是藉口。

其實我只是被不安與恐懼綁住，變得動彈不得。

在前世被稱為「魔王」，對諸神都不會感到恐懼的我，現在卻對平民的小孩產生了畏懼……這非常不好。

我產生了危機感，於是決定找身邊的人生成功者，請教交朋友的祕訣。

所謂人生的成功者，就是我的父母。光是他們成為夫妻，生下孩子，在我看來就足以斷

言是人生的成功者……於是，我先找父親傑克問起，結果——

「交朋友的方法？哈哈，那還不簡單？先痛毆對方一頓，然後對他說從今天起你也是朋友——」

「那是收小弟的方法吧？」

接著，母親的回答是這樣。

「嗯～交朋友的方法啊～如果是收性奴隸的方法，我倒是知道啦～」

「請問你們兩位這些年來到底過的是怎樣的人生？」

這兩個人的為人都有點不太對勁。

看來我弄錯了商量的對象。因此，我決定找會頻繁來我家過夜的雙親好友，同時也是有孩子的精靈族美青年懷斯。

「我朋友也不算太多，不過……我想還是應該先從保持紳士風度做起吧。只要不分親疏或地位高低，維持公正廉潔的態度，我想一定會有人仰慕你。到時候，再問這些人要不要交個朋友之類的。」

我覺得我家雙親應該跟懷斯討點指甲垢熬來喝。

於是我立刻根據他的建議，執行交朋友作戰。

一個月後，前「魔王」滿臉笑容，和朋友們奔跑嬉戲的情景……並未發生。哪兒都找不到這樣的情景。

不知道為什麼，大家反而躲著我。虧我遵照懷斯的教導，對每個人都不忘微笑，用敬語說話，把所有想得到的動作都精鍊到無謂的地步，維持舉止的優雅。

豈止沒有人仰慕我，甚至沒有人願意找我說話。這是為什麼啦。

說到這個，前不久，有一群小孩就在背地裡這樣談論過我：

「亞德他啊，有點怪怪的耶。」

「也不是怪，就是噁。」

「真的很噁耶～好噁好噁～」

我好久沒有像現在這樣想毀滅世界了……為什麼會變成這樣？

又過了一個月後。季節是夏天。連日天氣炎熱，我的人際關係卻仍然有如寒冬般冰冷。原因多半就出在這種情形所帶來的精神痛苦，我有時候會沒有理由地掉眼淚，或是頭上有小塊圓禿……該怎麼說，這樣非常不好。

我已經覺得，該不會永遠都交不到朋友吧。

……怨天尤人也不是辦法，於是今天我也照樣做每天的例行公事。

「那麼母親，今天我也要上山去了。」

「好～路上小心。」

我走出家門，前往目的地——位於村子附近的一座山。目的是修行魔法。

抵達山上後，我對生長茂密的花草或踐踏、或撥開，一路往前進。

好了，今天也把交不到朋友的焦慮，發洩到動植物上吧。

……就在我剛起了這樣的念頭後——

「呀啊啊啊啊啊啊啊啊啊啊啊啊啊啊啊啊啊！」

尖叫聲傳進耳裡。從嗓音來判斷，是一名少女。

在這和平到了極點的山上，是要發生什麼事，才會發出這麼淒厲的尖叫呢？

總之還是趕往現場吧。我先發動偵測魔法「搜尋術（Search）」，找出目標的位置。

接著發動空間轉移魔法「次元行進術（Demension Walk）」，把自己的身體，轉移到發出尖叫的少女附近。

一眨眼的時間裡，景色有了些微的改變。

「……咦？突、突然從什麼都沒有的地方冒出來……？」

問得不解的，是一名惹人憐愛的精靈族少女。

身高大約一百四十瑟齊，比我矮了一個頭以上。年紀大概跟我差不多吧。

她稚氣未消的臉孔，實實在在是惹人憐愛的結晶。

髮色是有如閃亮絲綢的白銀。這頭白銀秀髮長及膝蓋，被從樹木縫隙間射下的陽光照得閃閃發光，髮尾用絲帶綁住。

「咕嚕啊啊啊啊啊啊啊啊啊！」

我正注視著少女，在我的視野角落，讓她發出尖叫的元凶吼出叫聲。

那是一頭高大得需要仰望的狼。狼以布滿血絲的眼睛看過來，豎起全身的毛威嚇。牠的敵意完全投注到我身上

「快、快逃！這傢伙我來擋著！」

銀髮少女踏上前去護著我，一身承受狼的視線。

她的態度彷彿是在挺身對抗可怕的怪物，保護無辜的受害者，然而……

「不好意思，可以請教妳一個問題嗎？」

「什、什什、什麼啦？就、就就、就叫你快逃了！」

「沒有啦……我是想請問妳為什麼怕成這樣？對手不就只是一隻狗嗎？」

「啥！不、不就只是一隻狗？你在說什麼鬼話啊！」

「哪有說什麼鬼話，我只是陳述事實。」

我們談到一半，狼發出「咕嚕嚕」一聲低吼……撲向了少女。

我推開她，發動魔法。我左掌朝向狼，手中顯現魔法陣。

火焰從魔法陣直線伸出，線狀的火焰以超高速立刻抵達目標，把狼全身燒盡。幾秒鐘後，燒成焦炭的狼，發出咚一聲很有分量感的聲響倒在了地上。銀髮少女看著屍體，大聲呼喊：

「一、一擊就殺了上古狼（Ancient Wolf）？而且無詠唱施展了『大熱焰術（Mega Flare）』？」

她這反應是怎樣？我倒是覺得剛才的那一下，根本沒有什麼值得吃驚的地方。

還有，上古狼？剛剛那匹狼？不可能。上古狼是棲息在住有強大精靈的危險地帶「神域之森」的魔物。不可能會待在這種地方，而且牠們和這種小狗不一樣，有一定的強度。

這個少女還說錯了一件事。

「我剛才使用的魔法不是『大熱焰術』，只是『熱焰術（Flare）』。」

「……咦？」

就說妳到底在驚訝什麼？是真的把我剛剛那下錯認為「大熱焰術」嗎？

這太扯了吧？畢竟「大熱焰術」和「熱焰術」的威力，不可同日而語。

前者是火屬性的中階攻擊魔法，一旦施放出來，可以一舉把數百人燒盡。

相較之下，後者是初階的攻擊魔法，因此不可能看錯。

「……說、說得也是！我、我竟然會講錯這麼簡單的事情！啊哈哈哈哈！」

她硬用大笑帶過，然後用窺看神色的表情看著我。

「對、對了，你啊！叫、叫什麼名字來著？」

「我叫亞德．梅堤歐爾。在此見過。」

「是、是喔。我叫做伊莉娜……」

她忸忸怩怩地磨蹭了一會兒，然後朝我伸出手說：

「我、我我、我就大發慈悲！收你為我的朋友第一號！」

我好一會兒，只能呆呆看著她伸出的左手。

因為突如其來的事態，讓我不由得當場呆住。

但我很快地冷靜接受現況……劇烈的喜悅來到我心中。

於是我懷著萬般思緒，說出了話語。

「……只要妳不嫌棄在下，但願我們的交情永世不渝。」

當我握住她伸出的手，這一瞬間，伊莉娜全身一震，露出像是在說「這是真的假的？不是作夢？」的表情好幾秒後，一隻手還捏了捏臉頰。

然後——她表情一亮，破顏一笑。

惹人憐愛的臉上，露出太陽般的笑容。

她的表情讓我有種懷念的感覺……這孩子，跟她很像啊。

很像我在前世認識，然後死別的，獨一無二的好友。
我覺得像是再次遇見了她，讓我再度笑逐顏開。
「啊，對了，伊莉娜小姐。我認為要求握手時，伸出左手實在不太妥當。」
「咦！有、有什麼不可以的嗎？」
「是啊。握手時伸出左手這種事情，講白了……就像是在說，臭傢伙看我宰了你！」
「咦咦！不、不是，這個……我、我沒有惡意！原諒我！」
伊莉娜態度怯生生的。這讓我覺得好像不是交到了朋友，而是多了個女兒。

第二話　前「魔王」，交到朋友，樂不可支

我為了交不到朋友而苦惱，卻唐突地迎來了轉機。

沒錯，就是伊莉娜……而且實在有點太唐突，讓我還覺得這不是真的。

不過交到朋友的瞬間，往往都是這種感覺吧。

畢竟從認識伊莉娜以來，我的人生就變得閃閃發光。

我們會一起上山玩、一起玩水、一起躺在同一張床睡覺……真的每天都好幸福。從前世帶來的孤獨感已經完全得到療癒，心中就只有著幸福的心情。

而今天我也打算精力充沛，像個孩子一樣和伊莉娜一起到山上奔跑。

就在我待在家裡等著她來訪的午後……

「唔喔～亞德～！這個這個！幫我看看這個啊～！呀喝！」

來的不是伊莉娜，而是亢奮到煩人的我爹。

他手上握著一把長劍，美麗的刀身發出光芒。

「最近劍都劣化了！所以我就一咬牙，買了把新的！」

老爸說著還尖叫一聲，全身忸怩，看起來非常噁心。

「你看你看，亞德你看看嘛～很猛吧！是超級寶劍耶。」

他維持著煩人的亢奮，把劍朝我遞出。

我握住劍柄，盯著劍身看了好一會兒。

「父親，很遺憾，看來你是買到了瑕疵品。」

父親發出錯愕的疑問聲，歪了歪頭。看來他沒有鑑定貨品的眼光。

「這把劍被賦予的特性，只有【銳利度十倍】。這豈止是馬虎。既然是用這種素材，我想只要用上賦魔術式的壓縮技術，應該可以賦予三種屬性。」

「…………咦？呃……咦？」

大概是因為買到假貨太震驚吧，只見父親張大了嘴合不攏。

「請放心。雖然不到寶劍的程度，但至少可以昇華為普通的劍。」

我這麼說完，對劍進行賦魔，然後交給父親。

「……我順便問一下，你賦予了什麼特性？」

「是。一共是【銳利度一百倍】、【追加火屬性】、【銳利度自動修復】這三種。」

我回答後，父親立刻朝附近的桌子揮劍，劈開了桌角。劍上追加了火屬性，所以被砍下的角燃燒著掉到地上，隨即燒成焦炭。

看來買到瑕疵品，讓父親非常生氣。也罷，這次他會拿東西出氣也無可奈何。剛才的劍就是這麼差勁。

「……喂，真的假的，這玩意兒。」

父親看著劍身唸唸有詞。唔，他多半非常火大吧。

看這樣子，他可能會去找鐵匠老爹興師問罪——

「亞德～！我來了～！」

看來有可能會去，不過這都不重要了。想去就儘管去吧。

我也忙著和伊莉娜玩，除此以外的都是瑣事。

我丟下怒火中燒的父親，走向玄關。

「讓妳久等了。」

「不會，沒問題！好了，我們走吧！」

伊莉娜抓起我的手，活力充沛地跑了起來。她的可愛今天也毫無二致。美麗的銀色長髮，人偶般清秀的臉龐，晶瑩剔透的純白肌膚，以及——

薄薄的白色連身裙下露出的胸部。乳溝。側乳。

這一瞬間，我痛切慶幸自己和她成了朋友。

好了，說著說著，我們來到了山上。

「啊，對了。其實啊，爸爸說要弄一把新的劍，請我收集材料……你可以幫我忙嗎？」

「小事一樁。順便問一下，令尊想要什麼樣的素材呢？」

「嗯～記得是……【終極虎（Ultimate Tiger）的巨牙×二】、【隕石史萊姆（Meteor Slime）的體液】、【上古豪豬（Ancient Boar）的魔石×一】吧。」

不，這山上哪兒都沒有這樣的魔物。每一種都是只存在於超高難度冒險地帶的生物。這大概是她父親特有風格的玩笑吧。

我大概猜出她父親指的是些什麼樣的魔物，決定去獵這些魔物。

輕易地完成這些工作後，我們決定在遊戲之餘，順便「賺經驗值（農）」一下。

我們跑進山上的迷宮，一心一意地獵殺魔物。每打倒一隻，自身的魔力量就會有微量上升。身為施法者的「魔導士」要變強，這就是最快的方法。

我們在裡面「賺經驗值（農）」了五小時左右後，離開了迷宮。

我還行有餘力，但伊莉娜已經累得精疲力盡。

我們出去稍事休息……結果伊莉娜恢復體力後，看著我……

「欸、欸，亞德。教我，那個……無詠唱的方法啦！」

伊莉娜在山上，對我說出這樣的話來。

「妳說這話可就奇怪了。伊莉娜小姐，妳以前不是說過無詠唱施法這種小事，妳三歲的時候就精通了嗎？」

「這、這是因為，這個……這、這不重要吧！都那麼久以前的事了！」

她滿臉通紅，眼眶含淚地喊著。從這樣子看來，是說了謊吧。

她真的不會無詠唱施法嗎？

「也好，就別在乎這些了。只是伊莉娜小姐，在談無詠唱施法前……請妳說說魔法到底是什麼樣的東西。」

「哼哼！那還不簡單！是『魔王』創造的符文言語！詠唱用符文編寫出來的魔法術式，消耗魔力來發動的力量！這就是魔法！」

我答對了吧？所以你可以誇我喔！趕快誇我！汪汪！

她用這樣的表情頻頻瞥向我。

我回應她的期待，摸著她的頭，誇了她幾句。

「呵嘿嘿嘿……！還、還好啦，畢竟是我嘛！當然要懂這些了！」

伊莉娜得意洋洋地挺起大大的胸部。真的好可愛。可是……

「那麼伊莉娜小姐，詠唱又是怎麼回事呢？為什麼非符文言語不可？妳知道符文言語和魔法的關連性嗎？」

這個問題就讓伊莉娜也變得吞吞吐吐了。也是，答不出來理所當然。畢竟教本上沒有記載這麼深入的內容嘛。說得更清楚點，教本上記載的頂多只到低階魔法，而且記載的術式，全都遠比我前世的時代要弱化。

這多半是為了不讓民眾取得強大力量而採取的措施吧。這個國家的當政者，似乎很不想讓民眾擁有力量啊。從記載的法術之弱來判斷，多半相當害怕民眾擁有力量。想來強力的術式都是由貴族們獨占，以一子相傳的方式傳承下去。

「伊莉娜小姐，仔細聽好了。魔法這種東西，完全是靠建構魔法陣來達成的技法。」

「建構……魔法陣？」

「一點也沒錯。所謂的詠唱，就是透過朗誦魔法陣內容與術式，來建構魔法陣的方法。做完這樣的步驟，再將魔力灌注到魔法陣裡。這就是魔法發動的程序當中的一種。」

我豎起食指，繼續講解。

「建構魔法陣不是只能靠詠唱，單純在腦內鮮明地想像出魔法陣本身，也一樣行得通。」

我讓「熱焰術」的魔法陣顯現在指尖，一邊秀給伊莉娜看，一邊說：

「請妳在腦內描繪出這個魔法陣，然後想像供應魔力的情形。」

「知、知道了！」

伊莉娜點點頭，手掌頂向天。下一瞬間——

魔法陣出現在她手掌前，一道小規模的火柱從中直線伸出。

「哇！哇哇！我會了！我會了！無詠唱！」

她天真無邪的開心模樣實在好可愛，讓我感到溫馨。

「太棒啦！太棒啦，太棒啦！」

伊莉娜多半非常高興。只見她一次又一次，以無詠唱方式施展「熱焰術」。

看到她這樣……我在感到溫馨的同時，也覺得憐憫。

魔法的威力、效力，會根據對魔法陣的魔力供應量而改變。

如果一般對「熱焰術」的供應量是一百……伊莉娜的供應量，大概是二十左右。因此她所施展的法術，遠比正常水準要弱。

想來伊莉娜的魔力量，是遠低於平均值吧。

也就是說，她沒有才能。因此，她今後多半會遭遇到慘痛的挫敗。即使如此……

「太棒啦！太棒啦！這樣我就跟亞德一樣了！」

……不管發生什麼樣的事情，我都決定要支持她。

無論是何種難過、何種痛苦，我都要跟她一起背負。

無論挫敗多少次，每次我都要牽著她的手，讓她站起來。

因為這才叫做朋友。

我與伊莉娜（真的是天使）在一起的日子，流水似的度過。

過著過著，我也到了十五歲。無論在前世還是這個時代，到了十五歲就是成年人，差不多要開始進行包括職業選擇在內的人生設計。就這一點來說，我家爸媽與伊莉娜的家長，也都非常清楚——

本日預計在我家召開生涯規畫會議，邀請伊莉娜的家長也一起參加。

現在，時刻是晚上九點。天空已經染成黑色，黃金色的月亮照亮地上，昆蟲們的合唱令人聽得心曠神怡。就在這樣的時間，敲門聲響起。

我代替雙親去迎接訪客。來人是——

「晚安！亞德！」

哪怕到了晚上也一樣活力充沛的伊莉娜，以及——

「嗨，亞德。晚安。」

白髮的青年精靈族懷斯。伊莉娜是他的女兒。

我和他們兩人一起去到客廳，大家一起圍著餐桌坐好後，先進行餐前祈禱。

「感謝我等之神祖『魔王』瓦爾瓦德斯，以及女王陛下的恩典。」

在這個時代，以我為主神的宗教，已經在全世界落地生根……這讓我心情非常複雜。

先不說女王，我為什麼非得感謝自己不可？

「好啦，囉唆的祈禱也做完了，吃吧吃吧。今天也很好吃喔！亞德的咖哩。」

「哇～！我開動了～！」

伊莉娜猛扒咖哩大嚼。貪吃的模樣也好可愛。

「呵呵呵，伊莉娜還是一樣好可愛喔～跟妳媽媽一模一樣……啊啊～好想對妳來個快感折磨～……」

危險的家母以危險的表情做出危險的發言，但伊莉娜看也不看她一眼，吃咖哩吃得津津有味……至於她的母親我就不清楚了。只是既然她母親並未出席這個場合，也就多少猜得出另有隱情。

多虧了伊莉娜而吃得開心的這一餐，吃到一半——

「差不多該來談了吧？」

懷斯把湯匙放到桌上，這樣切入正題。

他那中性的美貌臉上露出柔和的微笑，但眼神裡有著認真的光芒。

「首先是亞德，你今後想怎麼做呢？」

「這個嘛……我想做的事情有幾件，但如果要說眼下想達成什麼目的……我想交一百個朋友。」

「哈哈，該怎麼說，你真是個令人猜不透的孩子。」

懷斯莫名地苦笑著，接著又把目標轉向伊莉娜。

「妳要怎麼做？『雖然本質上的將來已經確定』，但在走到那一步之前，還有些時間。這段期間，妳想做些什麼？」

「嗯～……怎麼說，總之，這個……就是想跟亞德在一起……大概吧。」

伊莉娜緬靦地搔著泛紅的臉頰，撇開臉去。她真的有夠可愛。

「嗯。你們兩個的心意我明白了。既然這樣，果然還是……」

「進魔法學園最好吧。」

「畢竟跟亞德想做的事情非常搭，而且伊莉娜的願望也會實現嘛～」

學園——一聽到這個字眼，我就覺得胃一陣抽痛。

想交朋友，最省事的方法就是去上學。我前世也曾這樣想過，於是把外表變成平凡的路人臉，捏造經歷，進入學校就讀。

當時我想說只要隱瞞身分，用別人的身分來活，可能就交得到朋友，才會採取這樣的行動……但我在校園內徹底被孤立了。或者應該說，被霸凌了。

被人們稱為「魔王」，卻被底層的傢伙霸凌了。

只是上課時去上個廁所，就被取了個叫做大便人的綽號當成笑柄，或者被一些沒血沒淚的傢伙弄髒桌子和教本……到頭來，我讀了一年左右就自行退學。所以呢，學校這種東西，對我來說簡直是精神創傷的寶山。

「魔法學園？聽起來會很開心耶！」

但面對眼神發亮的伊莉娜，我實在說不出不想入學這種話。我想保護她的這笑容。因此我……

「我沒有異議。那我就和伊莉娜小姐一起去就讀魔法學園。」

「嗯，這樣最好。而且想必也能交到很多朋友……尤其是亞德。我想這對你來說，會是個學習常識的好機會。」

常識？我自認比任何人都更懂常識。畢竟我可是前「魔王」。如果沒學會這世上的所有常識與禮儀，根本做不好外交等工作。

不過相信在懷斯的認知裡，我還只是個小孩子吧。

這種時候就乖乖點頭……然後我提起了另一個話題。

「對了。入學是無所謂，但我們有資格嗎？」

「嗯？你說資格是指？」

「雖然我並不清楚魔法學園……但這是個允許平民入學的地方嗎？我印象中那是一種貴

族專用的學習場所。」

「這點沒有問題。以往貴族對平民的蔑視比現在要強，又因為學費高昂，平民沒辦法就讀魔法學園，可是現在沒有這種情形，校園已經廣開門戶……而且，這世上根本沒有你們進不了的學校。」

「——？請問伯父這話怎麼說？」

我一歪頭，就看到懷斯也同樣歪頭納悶。

「……我說你們兩個，什麼都沒跟這孩子說嗎？」

他看著我的雙親，提出問題。

「沒有啦，該怎麼說，我是很喜歡聽別人講英勇事蹟，可是……」

「實在不想講自己的呢～這樣多難為情。」

兩人露出緬靦的笑，懷斯對他們嘆了一口氣。

然後他正視著我……

「亞德，你聽好了。接下來我要說的，是不折不扣的真相。」

先加上這句開場白，然後懷斯他……說出了令人震驚的內容。

「你的雙親啊，就是名滿天下的大魔導士。而我，說來見笑，人們稱我為英雄男爵。說穿了，你的爸媽還有我，都是不平凡的人物。」

「咦？」他流利說出的這項情報，讓我不由自己地發出傻氣的驚呼。

懷斯的表情裡，沒有一丁點玩笑的成分。把他的發言當成事實，多半錯不了。

……這狀況讓我有點不滿。

我對成為不平凡的人物這件事，抗拒到連自己都受不了。

畢竟以前我就成了人稱「魔王」的不平凡人物，因而失去了很多事物。

成為不平凡的人物，就與變得孤獨同義。就是知道這一點，我才會厭惡並且避免成為不平凡的人物。

但已經發生的事情也無可奈何。雖然遺憾，但大魔導士的兒子這樣的立場，我就接受吧。

所幸根據書籍描述，我的父母都是突發性變異體。

所謂突發性變異體是一種總稱，指的是與生俱來就擁有超越種族極限之異常才能的人。

他們的才能只限於自己這一代，不會被下個世代繼承。這是唯一不幸中的大幸。

即使雙親特別，但我並不特別。因此……相信不會再度被稱為「魔王」。

之後會議平穩地開下去，沒有發生什麼嚴重的爭執，順利結束。

然後等晚餐即將結束時。

懷斯看著我，以認真的表情開了口：

「……在學校裡，伊莉娜也一樣有勞你多關照了，亞德。」

做父母的這樣講，是理所當然。但我不懂的是……

懷斯的臉上，有著過度的緊張與不安。

第三話　前「魔王」，為了交到一百個朋友而去上學

一週後，我和伊莉娜與父母道別完，上了馬車。

然後經過幾天的旅途，我們抵達了王都迪賽亞斯。

王都的樣貌，和古代世界果然大不相同。

首先，不存在牆壁或城門。前世的世界裡，我的認知是都市＝城郭都市，但這個時代似乎不一樣。雖然也可能只有這個國家比較特殊。

巨大的都市座落在平原的正中央，沒有城門與城牆保護，這種樣貌對我來說非常新鮮。

我們在位於這王都迪賽亞斯入口處的馬車下車處下了馬車，對御者道謝後，看了看王都的景觀。

「喔……這可真是壯觀啊。」

感覺就好像來到異世界。王都的景觀，和村子簡直不像同一個世界。

雖然也可以看到一些我所熟悉的石造或磚造建築，但幾乎所有建築，都讓我根本看不出是用什麼樣的材料，以什麼樣的建築技術所建。像那高聳穿雲的巨大建築物，在古代世界根

本無從想像。

這種事情，大概就是轉生的樂趣真髓所在吧。

然而，我不能一直只顧站在這裡看著這樣的光景。

照計畫，接下來我們要去和魔法學園的校長請安。這種事情實在不能無故爽約，所以我們並肩往前走。

走在充滿活力的大道上。兩旁有著五花八門的建築物成排夾道，人們沐浴在陽光中，走在鋪了石板的路上。

通往學校的路程，只有平穩兩字可以形容。

……除了那些臭傢伙猥瑣的視線，始終投往伊莉娜身上以外。

「那女的是怎樣，有夠漂亮……要不要去找她說話呢？」

「勸你不要。她穿著學校制服，就表示她家不是貴族，也是富豪。」

「所謂高嶺之花是吧。」

就如這些臭傢伙竊竊私語所說，伊莉娜和我都穿著學校的制服。

我們並非已經入學，但內定過關，所以是由校方送來給我們的。

男生制服沒有任何值得描述的特色。只是，女生制服就……

暴露度很高。

因此伊莉娜健康的大腿與形狀漂亮的巨乳，都大膽地暴露出來，配上她那惹人憐愛到了極點的長相，也就難怪十個人裡會有十二個人都把視線對過來。

「哼哼！感覺大家都迷上我了呢！」

「是啊，伊莉娜小姐這麼漂亮，要看到妳卻不回頭，那就是強人所難了。」

我表面上回得平靜，內心卻怒火中燒。

竟敢把猥褻的慾望朝向我們家女兒，這是該當萬死的重罪。

既然這樣，乾脆我也脫成半裸，獨占這些投往伊莉娜身上的視線吧。

就在我半認真想到這裡時——

「少囉唆！不就只是宰了區區一隻野貓嗎！」

聽見這聳動的喊話，讓我和伊莉娜同時停下腳步。

我一邊嗅出有麻煩的氣味，一邊看向聲音傳來的方位。

大道的角落，建築物牆邊，有著一群形貌凶惡的半獸人族男性……

一名美麗的少女被他們圍住。

年紀大約十八歲上下吧。個子比伊莉娜矮。

她沒有什麼明顯的身體特徵或氣質，所以人種大概跟我一樣是人族吧。

最引人矚目的，還是她的容貌與打扮。她的面孔就像人偶般精緻，哪兒都找不到缺點。

一頭美麗的白金長髮，更在她的容貌中加上了神聖莊嚴的感覺。

「……我倒覺得你們比這區區一隻貓要沒價值得多耶。」

「啥啊！臭娘兒們，妳說什麼！」

半獸人們殺氣騰騰……看這氣氛，已經不是用講的就可以收場了啊。

「得去救她！」

伊莉娜正要上前，我伸手制止。

「慢著，伊莉娜小姐。妳在這裡靜靜看著，由我出馬。」

她是我的朋友，也是我的學生，因此對戰鬥有一套。但話說回來，水準並未高到對上多名耐打的半獸人，還能游刃有餘地收場。

因此，這個時候就由不肖在下這個前「魔王」現村民出場了。

我讓伊莉娜答應後，走向這群半獸人——

先對靠近的一名半獸人男後腦杓送上一拳，一招擊昏。

對於這次突襲，對方集團全都露出腦袋一片空白的表情。

我抓準這個空檔，又對離得近的對手施加打擊。

掌擊下顎，前踢胯下。我兩招擊打放倒了兩人。剩下並排站立的三人。

「你這小子是怎樣！」

他們情緒激憤，身體發力想接近我……

但我搶先跨上一步。一瞬間拉近距離。接連對並排的三人後腦杓施加打擊，讓所有人都倒到地上去。

「失禮了。」我對他們丟下短短的一句話後，看向少女，問起：

「小姐(Lady)，妳可有受傷？」

少女連連眨了眨眼睛後說：

「嗯。多虧你嘍。剛才你的身手實在漂亮。」

少女露出滿面微笑，不知不覺間，伊莉娜已經站到她身旁。

「沒錯吧！厲害吧！亞德是我的朋友！」

伊莉娜對於我受人誇獎，就像自己受到誇獎似的開心。她這模樣真是個活生生的天使。

「嗯，真的很了不起啊，少年。你剛才露的那手強化魔法(Buff)，真的很不得了。看你掃蕩對手的情形，我都忍不住要歡呼——」

「說來惶恐，我在方才的對陣中，並未施展任何魔法。」

「咦？……不不不，你開玩笑的吧？你……是人族沒錯吧？人族要空手打倒半獸人族，那是不可能的。」

少女露出無法置信的表情，我微笑著對她搖搖頭。

「施力的方式、施加打擊的部位，以及時機。只要在這幾個環節上花點心思改善，就能手到擒來。」

「呃，不，可是，像你剛才跨上那一步，怎麼看都覺得超越了人類的極限……」

「這也同樣是可以花心思改善的。我判斷倒在地上這幾位，是完全不會魔法的外行人，覺得對這樣的對手施展魔法，未免稍稍小題大作，所以這次就以徒手的技法來對應了。」

「是喔……」

少女的眼睛瞇了起來。這一瞬間——

我覺得身上竄過一股寒氣。

為什麼？這個對象身上，理應沒有會讓我嚐到這種感覺的因素啊。

我正覺得有疑問，少女就在我背上連連拍了幾記。

「哈哈，你實在是個厲害的傢伙。我很中意你！」

說完這句話，她提起了另一個話題。

「對了，看你們兩位穿著這制服，你們是魔法學園的學生嗎？」

「不，我還沒入學。我身邊的伊莉娜小姐也一樣。」

「唔。啊，對喔，我聽說今年有兩名內定合格的學生，原來就是你們啊？原來如此，既然是你們兩位，我想不會有人有任何意見。」

「……請問，妳是校方人士嗎？」

「沒錯。我從今年起擔任講師，而且還是史上最年少喔。」

她露出一臉「厲害吧？」的得意表情，挺起碩大的胸部。

然後少女做了自我介紹。

「我是潔西卡。潔西卡・馮・維爾格・拉・梅爾迪斯・德・瑞因斯華斯。是侯爵家的三女，但還請你們不要緊張，大家輕鬆相處。」

她露出笑瞇瞇的活潑笑容，積極找我們握手。

我們一邊回應，一邊也做了自我介紹。

「亞德，還有伊莉娜，是吧。我也有事要去學園辦，我們一起過去吧。」

我們並肩前往目的地，穿過校門，進了校庭。

拉維爾國立魔法學園，是國內最大也最尖端的學校。校地面積比從外觀所能想像得更加寬廣……我和伊莉娜都被校舍的巨大與校庭的遼闊所震懾住。潔西卡看到我們這樣，嘻嘻一笑。

「還好啦，過個三天就會習慣了吧……我有事要去教職員辦公室，就在這裡道別了。下次我們就以講師和學生的身分相見吧。」

她活潑地丟下一句「那我走了」，揮揮手離開。

和潔西卡道別後，我們前後找了幾個校庭裡的學生，一邊詢問校長室的所在，一邊行進。

這些學生所穿的制服有著兩種款式。

款式的不同，就是用以表示身分的不同。從制服有著這樣的區別看來，貴族與平民之間的身分差異，多半還是有著斷層。

我一邊想著這樣的事情，一邊和伊莉娜一起在校園內走了許久，總算來到校長室。

我們敲門，進入室內。

「喔喔，歡迎歡迎。」

這名一副好心老爺爺模樣迎接我們的男子，就是本學園的校長，名叫葛德。

寬廣的室內正中央，坐在辦公桌前的他，已經高齡將近百歲，外表卻充滿了讓人感受不到實際年紀的活力。

他的貴族爵位是伯爵，身為「魔導士」的位階是「第六格（Hexagon）」。僅次於最高位階，據說全國達到這個位階的人，還不到十人。

前世的我就罷了，現在只是平凡村民的我，基本上到不了那樣的境界。

而葛德伯爵身旁，站著一名妙齡女性，多半是祕書之類的吧。

她從先前就一直不說話，朝我送來犀利的目光。

「……該說真不愧是三位英雄的小孩吧。兩者都是破格的人物。」

她小聲說出這樣的話來。這女的實在很沒有看人的眼光啊。我們哪裡破格了——

「正是。兩者都很厲害。多半比傳聞中所說的更有本事。」

……看來伯爵的眼光水準也很低。

說一個平凡村民和連凡人都不如的貴族少女是破格，這該如何解釋？

「我經常聽說你們的英勇事蹟。因此免除你們的實技測考，直接給滿分。尤其亞德，要是讓你對上主考官，出個什麼差錯，說不定主考官還會沒命。哎呀呀，真是可怕的才能。」

這嘴上甜頭也給得太明顯了吧。不過這也沒辦法。既然我的雙親是名留歷史的大英雄，對於大英雄的小孩，大概總是不能失禮數吧。

「不過啊，不好意思，還請你們接受筆試。我想那些題目對你們而言很簡單……但萬一連那些題目都解不出來，就實在無法讓你們入學。」

嗯。筆試考的應該就是一般教養吧。的確，總不能讓沒有教養的人進學校吧。所以，我們乖乖點了點頭。

「嗯……現在可能早了點，但我還是先說一聲吧。歡迎來到我們拉維爾魔法學園，我很榮幸能夠迎接你們入學。」

說得實在很誇大其詞啊。我和伊莉娜明明連平凡都未必說得上。

數日後，我們在校園內的一間教室，和其他考生一起接受筆試。

……不對勁。這不對勁啊。再怎麼說都太簡單了。這多半是所謂的陷阱題吧？肯定是要人看穿題目裡最最深層的意思，來導出解答，否則怎麼可能出這種連三歲小孩都答得出來的題目。

真不愧是為了培育萬能人才，從國家創見的當時就創立的超一流學校。出的題目還真難應付。非常有意思。

考完後的翌日早晨，我和伊莉娜一起來到校園前。

合格與否的結果，會刊登在學校門前的布告欄。除了我們以外，還有許多考生也都站在那兒，有人哭，有人笑，形成一幅應考後常見的光景。

「還好啦！我們不可能不及格吧！反而會獨占前兩名吧！」

伊莉娜自信滿滿，挺起大大的胸部往前挺進。

我和她一起走向大群考生，看向布告欄。

合格與否，三兩下就看完了。畢竟我們的名字就記載在最上面。

伊莉娜的筆試成績是滿分合格。聰明。我們家伊莉娜好聰明。

至於我呢……

「欸欸，亞德，這會不會怪怪的？」

「說、說得也是。我有點搞不太懂。」

我說出了心中的不解。這也難怪。

我的筆試分數是——

「零分」。

第四話　前「魔王」，與危險的傢伙重逢

……不管重新看幾次，我的筆試成績分數都是零分。

但我卻被當成首席合格。

這是怎麼回事？而且零分旁邊還放了個（一百億分滿分）這個兒戲似的數字，這又是怎麼回事？

正當我感到莫名其妙，和伊莉娜一起歪頭納悶，就聽到一個耳熟的嗓音。

「嗨，你們兩個，恭喜你們合格！」

幾家歡樂幾家愁的考生群裡，站著特徵為美麗白金長髮的少女潔西卡。她笑瞇瞇地朝我們招手。

「跟我來吧。因為校長說要對你們解釋這次的結果。」

我們跟隨潔西卡行進，走進校長室。就在這一瞬間——

「亞德！你是天才！不，豈止是天才！簡直是怪物，不，又豈止是怪物！神！沒錯，你是神！」

才剛踏進室內，葛德伯爵就說了一大串稱讚的話。

「……不好意思，校長，我不太能掌握您說這些的意圖。」

「啊，呃。嗯，不好意思啊，我一大把年紀了，還興奮成這樣。」

葛德難為情地搔著頭說道：

「亞德，關於你的筆試分數呢……」

「是。零分，沒有錯吧？坦白說，我沒料到會有這樣的結果。」

「唔……有個問題我想先問，你是怎麼想，才會做出那樣的解答？」

「我覺得問題實在太簡單，所以以為是陷阱題。」

「太簡單……是嗎？我們學校的筆試，好歹還被譽為是世界級的最難關就是了。」

看到葛德苦笑，我歪了歪頭。最難關？那種三歲小孩也解得開的題目是最難關？

「也罷，不管怎麼說，你的解答全都錯了。全部……都遠遠超前了本來應該做出的解答。」

葛德的眼神再度出現光芒。

「到底是要怎麼做，才會想出那樣的構想？像是建構特殊魔法陣時，提出魔力增幅回路的改良案，這可是任何人作夢也想不到的創意啊！在變更魔法術式上的構想，更是達到了神的領域！其他種種回答的內容，也都是即使我再活上幾百年，也未必會有人想出來的構

想！」

接著葛德興奮不減地做出了結論。

「就考試的觀點來看，你的解答是零分，但以魔法學論文的觀點來看，豈止是滿分！要是發表到學會上，會震撼全世界的！你寫下的答案，全都是這麼歷史級的內容！因此亞德，我把你認定成遙遙領先的首席合格！不，請你在本校執教！不只是學生，老師們也要請你領導！」

他眼眶含淚，握住我的雙手懇求……為什麼他要對我說這種話？我應該只是個極其平凡的村民……不過，該怎麼說……

「哼哼～！就是啊！亞德很厲害！因為他是我的朋友，也是我的老師！這個世界上根本就沒有人比亞德還厲害！」

伊莉娜開心地微笑。看到她這樣的表情，心中小小的疑念早就被我拋諸腦後。

伊莉娜真的有夠可愛的。

確定合格後，我們很快就搬進了學生宿舍。翌日，我們參加了入學典禮。

我是首席合格者，但校長說我不必在入學典禮致詞。

這太令人感謝了。俗話說棒打出頭釘，出風頭沒有半點好處。

一個弄不好，難保不會像前世一樣被人霸凌。

不過，伊莉娜似乎對這點很不滿意。

「為什麼亞德不上台啦……！虧人家那麼想看你帥氣風光的模樣……！」

從剛剛她就在我身旁唸唸有詞。

不管怎麼說，我專心參加入學典禮。像是美女學生會長的致詞，或是四大公爵家族領袖們的答詞等等……坦白說很無趣。伊莉娜已開始點頭打瞌睡了。

而在入學典禮的最後，校長葛德伯爵的演講開始了。

「那麼各位新生，你們突破了極為嚴格的考試，實實在在是一群精挑細選的菁英……然而，看在我們眼裡，各位都還只是雛鳥，還請各位不要自滿，隨時精進自己。」

嗯，葛德說得沒錯，我們連說是雛鳥都很勉強。因此，這不是終點，只是途中的一站。我們應該振作精神，以謙虛的心情學——

「然而，今年的新生，卻是雛鳥中混著一頭獅子、一尊神。他們是例外。各位的運氣實在極好。因為各位可以就近看到，會改變歷史的天才就待在你們周遭。」

……啥？校長你是怎麼了？為什麼看我？

「哼哼！校長也挺精心安排的嘛！」

不，伊莉娜，妳在興奮什麼——

「我們走吧，亞德！上我們的舞台去！」

「啥！」我被拉走。我被伊莉娜強行拉到台上去。

葛德把手放在這樣的我肩上。

「這位少年名叫亞德・梅堤歐爾！這少女的名字叫做伊莉娜・利茲・德・歐爾海德！相信只要說到這裡，各位就懂了吧！」

葛德這一問，讓全場掀起交頭接耳的聲浪。

「梅堤歐爾？」「歐爾海德？」「喂，難不成……」「不、不會吧？」

「沒錯！不瞞各位說，這兩位就是那三位大英雄的子女！」

葛德像是告知解答似的呼喊。這一瞬間——

「真、真的假的？」

「大魔導士的孩子！」

「真、真沒想到會有這麼一天，和大英雄的子女一起學習……！」

我的雙親似乎非常受到尊敬。有人歡喜得發抖、流淚，甚至有人感動得昏了過去……但，這些只限平民。

貴族的孩子們，表現出來的多半是負面的反應。

「就算是大魔導士，終究只是平民吧。」

「也不想想自己身上流著低賤的血，竟然看不起我們……！」

這非常不妙。

考慮到現在的我只是個村民，若像前世那樣受到霸凌，根本束手無策。

退學後想還以顏色都辦不到。

而現在，我往不好的方向出盡了鋒頭，多半已經被部分人視為眼中釘。再這樣下去，我轉生就會失去意義。

我產生了危機意識，對葛德要求。

「那、那個，伯爵大人，可、可不可以別再說下──」

「他和各位不一樣，是真正的天才！和亞德比起來，你們就和鼻屎差不多！各位，你們要以他為目標，精益求精！」

他卻賜下了這麼一番話。

「我們跟雷爾學長聯絡吧。要獵天才啦，獵天才。」

「不，找小麻比較好吧？」

「不管怎麼說，那小子都要放上封殺名單。」

結束了。我的校園生活，就在入學典禮當天結束了。

我在這場葛德所引發的騷動中，由衷這麼覺得。

為什麼會弄成這樣？

入學典禮結束後，發表了分班名單。我和伊莉娜分到了同班。

然後我們在講師的引領下，踏進教室，等負責的講師抵達。

……過程中一直被大群學生包圍。

伊莉娜身旁圍了一群男生，我身旁圍了一群女生，滿口都是令人起雞皮疙瘩的客套話。

對此伊莉娜撥起白銀色的頭髮……

「哼哼！也是啦，畢竟是我嘛！這是當然的！」

至於我這邊呢……

「亞德！我、我叫做克蕾拉！」

「妳怎麼偷跑啦！亞德，你不用理她！」

「請以結婚為前提和我交往啊啊啊啊啊啊！」

「啊！被搶先了！」

「……哈、哈哈。」

第一次面臨這種狀況，讓我不知如何是好。

我前世跑進學校時，就沒弄成這樣。總是被人在背後指指點點，稱我為教室角落那隻啦、說我很沒存在感之類的。

現在呢？豈不是弄得像個市面上氾濫的青春小說主角嗎？

……我想，原因多半出在頭銜。

前世我入學的時候，沒有這樣的頭銜。可是，現在我有著大魔導士之子的頭銜。這就讓人們聚集到我身邊。

不管怎麼說，這令我高興。不對我戰戰兢兢，也不藐視我，許多人把我當一個學生面對我。這真的很令我高興……只是話說回來——

「嘖。一個平民少得寸進尺啦。」

「怎麼不去死一死，真的很煩。」

從這幾個傢伙待在稍遠處竊竊私語的情形看來，狀況並非全然令我高興。

造成這些情形的元凶也都是校長。就是因為他講了一大堆挑釁的話，讓我尤其被男生討厭。

今後我該如何因應霸凌等等的問題呢？愈想愈覺得胃痛。上一次碰到這麼艱困的逆境，是被諸神的軍團逼得無路可退的時候了……！

就在我真心煩惱起該怎麼辦的時候——

「……妳……呢……」

「唔……」

學生們產生的喧囂中，傳來了某種令人不舒服的音色。

聽起來像是一個男生在罵人。

往疑似聲音傳來的地方看去，看到一個把橘色短髮全往後梳的爬蟲類臉男生，以及……一個桃色頭髮的女生。

從制服的款式來看，雙方都是貴族子女吧。男生應該是精靈族。他的面孔顯得相當凶暴，很不像精靈族，但和伊莉娜一樣有著尖尖的耳朵。

女生這邊……身體方面沒有什麼明確的特徵，但感覺得到某種不可思議的引力。

一頭鮮豔的桃色頭髮留到肩膀，皮膚白得像白瓷，有著成熟的美貌。

暴露度很高的制服下，露出形狀漂亮的巨乳，以及豐滿的大腿。

看著她的肉體……情慾的火焰就會不由自主地萌生。

唔，她多半是魅魔族（Succubus）吧。是非常稀少的人種。

而這精靈族男生，就在對這個魅魔族女生口出暴言。

「竟然連這種無能女都可以進學園，可真嚇了我一跳。妳是出賣身體給了校長還是怎樣嗎？」

「我、我才沒有，做這種事……」

男生賊笑兮兮地羞辱對方，女子眼眶含淚。這光景令人看了非常不舒服。

「……各位同學，你們知道這兩位是誰嗎？」

「咦？呃，嗯。男生是艾拉德，相當有名喔，是名門公爵家巴克斯的天才兒童。所以嘍……另一位是吉妮，她反而是以沒有才能著名。雖然是出身相當好的豪門伯爵家。」

「她的家族世世代代侍奉艾拉德家……好像從以前就那樣被他欺負。」

「哦？這可實在是……不能不理啊。」

我目光轉為犀利。這種時候有所行動，又會往不好的方向出風頭，但那又怎麼樣？

反正我已經確定會被霸凌了。既然這樣，就沒什麼好怕的。

因此我為了阻止他的行為，正要出聲——卻有人快了我一步。

「你啊，不要這樣！她明明就不喜歡你這樣！」

伊莉娜毅然地大罵……真不愧是我的朋友。

艾拉德朝這樣的伊莉娜看了一眼後。我也走向他，對他說話：

「我的朋友說得沒錯，你應該對吉妮小姐道歉。」

對此，艾拉德啐了一聲。

「英雄男爵的呆女兒，和大魔導士的笨兒子是吧？受不了，也不想想你們只是靠爸族，還挺敢得寸進尺嘛。」

「是不是靠爸，根本不重要。請你立刻對吉妮小姐道歉，然後發誓再也不會欺負她——」

「少囉唆，笨蛋～」

艾拉德朝我腳下吐了口水。看到他的態度，學生們一陣譁然。

「艾拉德真不是蓋的，繼續啊。」

「敢對大魔導士的兒子採取那種態度……神童果真天不怕地不怕啊。」

我一邊讓同學們說的話左耳進右耳出，一邊宣告：

「你無論如何都不肯答應我們的請求？」

「我想想。也好，如果你跟我決鬥然後打贏，要我答應也行啊。雖然這也要你們有那種勇氣才行吧？」

聽到這句話，伊莉娜立刻……不，她並沒有反應。

沒想到她只是露出懊惱的表情，瞪著艾拉德。

「怎麼啦，伊莉娜小姐？我還想說憑妳的個性，遇到有人找碴，馬上就會開打呢。」

「他……這個……不能貿然出手……他被譽為數百年才有一個的天才，還有人說他是神之子……明明年紀和我們一樣，卻已經是『第四格（Square）』的『魔導士』，所以……」

唔，這小子的實力，強得連伊莉娜也會輸給內心的恐懼？

既然這樣——我正想到這裡時——

「喂，這是在吵什麼？」

一個凜然的女子嗓音迴盪整間教室，讓全班都產生了緊張感。出聲的人，是一名站在教室門口的女子，種族大概是獸人吧。頭部有著像是貓耳的耳朵，臀部伸出長長的尾巴。

一頭漆黑的頭髮留到腰間，膚色是剔透的純白。

身高和我差不多，以女性來說算是高的。

她那高傲的容貌，美得足以讓觀者二話不說就迷上。

她身上穿的衣服可能是重視活動性，布料面積很小……那豐美又柔軟的大腿大膽地露了出來，模樣非常性感。

……不對，慢著，等一下。為、為什麼她會在這裡？

如果不是碰巧遇到長得像的人，她是——

「奧、奧莉維亞大人！」

「咦！是、是那位傳說中的使徒……！」

「我聽說過她擔任學園的特別講師……可、可是真沒想到入學第一天，就有幸拜見尊容……！」

沒、沒錯。她就是我以前的左右手，處於武官頂點地位的四天王之一。

奧莉維亞．維爾．懷恩……！

等、等等等，等一下啦。為什麼她會待在這種地方？

我還以為她曾是四天王，一定會是什麼國家的重鎮——

「嘖。我負責的班級第一天就鬧事？真會給我找麻煩。」

她說……什麼……？不、不妙。這、這這、這非常不妙。

她多半在氣我轉生這件事。我不負責任地放棄了身為王者的職務，相信她絕對不會原諒我。一旦我的真實身分被奧莉維亞得知……後、後果我連想都不願意去想。

可是她卻要擔任我們班的導師？別開玩笑了。一旦弄成這種情形，拆穿的風險不就會變得很高嗎？……不對，真要說起來……

「……事情鬧起來，是你做的好事嗎？大魔導士的兒子。」

我往不好的方向太出風頭的結果，就是已經被她給盯上。

可、可是，還不要緊。她當然尚未察覺我的真實身分。

這個時候，我得好好扮演亞德．梅堤歐爾這個身分才行。

「奧、奧莉維亞大人，今天也向您請安……」

「今天『也』？我跟你應該沒見過吧？」

糟、糟了！我、我太慌亂，忍不住說得像是跟認識的人打招呼。

「……哼，算了。所以，發生什麼事了，解釋清楚。」

奧莉維亞一對黑色貓耳頻頻抖動，我戰戰兢兢地向她解釋情形。結果……

「我准許你們決鬥。趕快打一打。在第一堂課開始前搞定。」

「不、不是，我還沒決定要打──」

「少廢話，閉嘴乖乖打就是了。讓我見識見識你的本事。」

奧莉維亞搖動黑色的尾巴說話。這話一出口，學生們再度一陣譁然。

「喂、喂，剛剛那是說……！」

「奧、奧莉維亞大人親自品評……！」

「好厲害！不愧是大魔導士的子女！竟然讓奧莉維亞大人產生興趣！」

大家都以羨慕的眼神看我，只是……

各位大概不知道吧。她那是懷疑別人時的眼神啊。她懷疑別人的時候，就會像這樣冷眼瞪著對方，讓貓耳和尾巴頻頻抖動。

……要是決鬥中出個什麼差錯，難保不會讓我＝「魔王」這件事拆穿。

對我而言，這件事比要和神之子決鬥，更是個問題。

第五話　前「魔王」ＶＳ神之子

之後，我一邊感受著胃痛，一邊換地方……

我在寬廣的運動場正中央，和艾拉德對峙。

同學們與奧莉維亞以及伊莉娜，站得遠遠地看著……

「喂喂喂喂。」

「那小子死定了啊。」

「艾拉德可是國內歷史上最年輕就升上『第四格』的神童啊。」

「我看搞不好比大魔導士和英雄男爵本人還強吧。」

遠方的貴族小孩群，對我投以憐憫的視線。而在這樣的情勢下，艾拉德笑得像是要露出獠牙。本來就長著一張爬蟲類臉的他這麼一笑，凶惡度就增加了五成。

「算你不走運啊，靠爸族。要不是奧莉維亞大人出現，你本來不用跟我決鬥的。」

他的眼神，簡直像在看著可悲的活祭品。一種完全看扁了我的眼神。

不過這也難怪啦。對方是被譽為神之子的天才，我則只是平凡的村民。

但是……這是為什麼呢？他被譽為神之子，但看起來似乎沒什麼大不了的。不管怎麼說，總之要先觀察對手。就努力掌握對方的戰力吧。

「好了，那麼──趕快給我去死吧。」

他右掌朝向我。

這一瞬間，艾拉德眼前建構出魔法陣，從中射來小規模的雷擊。

是雷屬性的低階攻擊魔法，「閃電攻擊術(Lightning Shot)」。

對方嘴上說得囂張，但似乎也是先試探我。

這點程度沒有任何問題。我也以低階防禦魔法「障壁術(Wall)」對應。

魔法陣在我面前顯現，形成一層半透明的膜，遮住了我。

艾拉德施展的「閃電攻擊術」，被「障壁術」抵銷。

這一波對抗，對我來說並沒有任何值得一提的地方，然而……

「艾、艾拉德那傢伙，無詠唱使出『閃電爆發術(Lightning Burst)』……！」

「亞德也沒輸！他無詠唱施展出了『大障壁術(Mega Wall)』啊！」

「光這兩下就讓人跟不上啦……！他們兩個的等級都離我們太遠了……！」

不，慢著。這反應是怎麼回事？為什麼光是看到有人會無詠唱施法就這麼驚訝？

而且，「閃電爆發術」？「大障壁術」？為什麼每個人都把剛才的魔法誤認為中階魔法？

「哈！原來啊原來。還挺有一套的嘛，大魔導士的笨兒子。靠爸族這句話我就收回吧。」

「……請問剛才的攻防裡，哪裡有值得你收回發言的成分？」

「哼。別裝鎮定了。如果以為剛才那就是我的真本事，可就大錯特錯了。」

「我想也是。相信那點程度的魔法，對你來說連牛刀小試都算不上吧。」

「……你很敢講嘛！」

嗯嗯？為什麼生氣？對神之子來說，剛才的魔法根本是偷懶吧？

艾拉德以蘊含怒氣的表情，再度施展出攻擊魔法。這次是火屬性的低階魔法「熱焰術」

……話說得囂張，結果還是繼續試探嗎？

這我也同樣用低階防禦魔法「障壁術」完封。結果——

「哦？接了我的『大熱焰術』，竟然還站得住啊。」

「啥？『大熱焰術』？」……這傢伙在講什麼鬼話？「大熱焰術」可是中階攻擊魔法啊。和剛才的「熱焰術」相比，威力完全不可同日而語。

……把「熱焰術」謊稱為「大熱焰術」的名門公爵家之子，是吧。

相信說穿了，就是這麼一回事吧。

「哼哼，我好高興啊。好久沒有碰到讓我可以使出真本事的對手了……！」

「……像這樣裝模作樣，也只會讓自己更滑稽喔。」

「啊？你這小子，說什麼鬼話。」

「我是在告訴你，你的假面具已經被拆穿了。看樣子你被譽為什麼神之子，但那只是用來讓自己顯得了不起的謊言。我想多半是你拜託雙親，要他們散布假消息吧。」

「……啥？」

大概是因為被說中了吧，艾拉德的太陽穴冒出青筋。

「這也還好啦，你的心情我能夠理解。我也歷經過這樣的階段。把根本不是什麼專有魔法（Original）的低階魔法，取些讓人光想到都覺得難為情的名稱。男生就是會有這種想讓自己顯得了不起的階段，這我非常明白。但就算是這樣，神之子還是過分了點，豈止是見面不如聞名。考慮到你的才能，還是凡夫俗子比較合——」

「我看你是活得不耐煩了啊啊啊啊啊啊啊啊啊啊啊啊啊啊！」

他氣瘋了。這多半也就表示完全被我說中了吧。

真受不了，是我自己太笨，才會提防成那樣。

「你還是第一個敢侮辱我到這個地步的人！」

「是嗎？我也是第一次看到有人親手散布這麼配不上的綽號呢。」

「你這傢伙喔喔喔喔喔喔喔喔喔！」

艾拉德露出厲鬼般的面相，發動魔法。然而——

這魔法對我而言，仍然是連兒戲都稱不上，不足取的玩意兒。

魔法陣顯現在我周圍，是「熱焰術」的多重發動。簡直像是幼兒在用的無聊技法。竟然用一臉當成什麼必殺大技似的表情出這種招。

對於撲來的多道火焰，我同樣用「障壁術」對應。

遮住全身的銅色半透明護膜，擋下了艾拉德的多重發動型「熱焰術」。

這對我來說，同樣沒什麼值得大驚小怪。然而……

「咦……！現、現在是什麼情形……？」

「那、那個巴克斯式『鉅級熱焰術（Giga Flare）』，這麼乾脆就被完封了？」

啥？「鉅級熱焰術」？你們說剛剛那叫做「鉅級熱焰術」？

「『鉅級熱焰術』，竟然不管用……！怎、怎麼可能會有這麼離譜的事情！」

不，剛剛的魔法只是「熱焰術」的多重發動吧。

竟然把那招叫成火屬性的高階攻擊魔法……

對我這個符文言語魔法的創造者而言，實在非常令人遺憾。

竟然把無聊的低階魔法稱為高階魔法，簡直不成體統。因此……

「……艾拉德同學，你犯了大錯。」

「啥啊！你、你說什——」

「如果你不知道，我就告訴你，什麼叫做真正的『鉅級熱焰術』。」

我宣言後，立刻在腦內顯現魔法陣，並供應魔力。

剎那間，他的腳下顯現出直徑十梅利爾規模的魔法陣。然後——

狂風暴雨般的烈焰肆虐。

「唔喔喔喔喔喔喔喔喔！」

「那、那個魔法是怎樣？熱都傳到這裡來了耶！」

「咿咿咿咿咿咿咿咿咿！」

紅蓮的劫火發出轟然巨響，翻騰捲動。這才是「鉅級熱焰術」。有效範圍雖小，但在攻擊單一目標的攻擊魔法當中，有著頂級的威力。

看來艾拉德在我的魔法發動前，就張開了「障壁術」，但這點防護根本沒有意義。相信他連焦炭都不會剩下。

無可奈何，我只好在操作「鉅級熱焰術」之餘，幫艾拉德掛了一層「大障壁術」，而且是五層構造。

但即使幫他加了這些防護，似乎還是承受不住「鉅級熱焰術」的高熱。

有效時間迎來極限，魔法效果一消失——

艾拉德受了只差一步就會被燒死的燒傷，倒到了地上。

「哇……死、死掉了嗎……？」

「當然的吧？誰叫他對大魔導士的兒子出言不遜。」

「真是自作自受。」

不，他沒死。我有好好顧著不讓他死。奪取不值得奪取的性命，有違我的美學，而且要是我一個平民，殺了公爵家的嫡子，就會把事情弄得很麻煩。

……只是話說回來，為什麼這些傢伙一個個都露出好像看了什麼驚人事物的表情？那點小傷，就跟擦傷沒什麼兩樣吧，明明是任誰都能輕鬆治好的範圍。

我施展低階魔法「治療術（ヒール）」。魔法陣覆蓋住艾拉德全身，然後——

「啊……！我、我剛剛……死了……？」

說得精確點，是半死。

艾拉德睜圓了眼睛，說夢話似的喃喃自語。他全身赤裸。我也不是沒辦法幫他把衣服弄回原樣，但嫌麻煩所以作罷。

「「「活、活過來了！」」」

不，就說我沒殺他了。

而且，就算我把死者復活，也沒什麼好驚訝的吧？

因為只要在靈體還會留在這個世界的期間——也就是三天以內，做出該有的處置，死者

就會復活。

既然是就讀名門學校的人，這點程度明明只是常識。

不管怎麼說，我走向艾拉德身邊，低頭看著他，開口說：

「你明白了嗎？剛才的魔法才是真正的『鉅級熱焰術』。今後可別再弄錯了。」

我話說得很慢，很仔細，把「下次再犯一樣的錯就不饒你」的意圖灌注進去。

艾拉德猛力點頭。剛才那高得無謂的自尊心跑哪兒去了？只不過是被燒得半死不活一次，就屈服了嗎？實在沒出息。

「那麼艾拉德同學，這場決鬥由我獲勝，可以吧？」

艾拉德猛力點頭。你很厲害耶，都點出殘像來了。

「很好。那就請你遵守約定吧。去對吉妮小姐道歉——」

「吉妮小姐！過去非常對不起妳！我再也不會傷害妳！再也不會出現在妳面前！所以，還請高抬貴手！」

他下跪磕頭的姿勢有夠完美。不過話說回來，只不過被燒個半死一次，竟然就這樣懺悔。也許這小子本性還挺善良的呢。

可是很遺憾的，我多半沒辦法跟他交朋友。艾拉德看我的眼神，已經完全變得和過去我的許多部下與人民看我的眼神一樣……也就是強烈的畏懼。

用這種眼神看我的人，沒有辦法跟我建立友好的關係。非常遺憾。

我嘆了一口氣——這時奧莉維亞朝我走過來，對我說話：

「我說，大魔導士的兒子啊。」

冰冷的說話聲，讓我忍不住嚇了一跳。

「請、請問有什麼指教呢，奧莉維亞大人。我只做了很平凡——」

「你剛剛發動魔法時，還對艾拉德施了別的魔法吧？」

「是、是啊，這怎麼了嗎？」

「也就是說，你做出了雙重施法（Double Cast）。」

「這、這怎麼了嗎？」我這句話一出口——

「雙、雙重施法！不、不會吧！」

「就算是大魔導士的子女，這也太……」

這、這反應是怎麼回事？

「這、這個，我所用的，只不過是雙重施法耶。如果是二十重、三十重的同時施法，多半是該吃驚，但只是區區的雙重施法，有什麼——」

「在這個時代啊，你所謂區區的雙重施法，就是歸類在『不可能技術（Lost Skill）』。」

「……啥？」

不、「不可能技術」？就一個雙重施法？

我感到莫名其妙。額頭自然開始冒汗。接著——

奧莉維亞牢牢抓住我的雙肩，「哼」的一聲笑。

……啊，不妙。這下不妙了。

「我說，大魔導士的兒子啊。你剛剛露的那幾手，幾乎全都屬於『不可能技術』啊。」

「所、所謂『不可能技術』，指的是因為失傳等原因，再也沒有人能夠使用的技術，對吧？例如『終局之零(Ultimatum Zero)』這樣的法術？」

那是只有還在當「魔王」時的我才能施展的特級攻擊魔法。我一直以為那些才算是「不可能技術」。

「『魔王』死後，大氣中的『魔素』一年比一年稀薄啊。你應該知道『魔素』是什麼樣的東西吧？沒錯，就是會對生命體賦予魔力的概念。就是因為魔素大量減少，魔法到了現代，已經遠比古代要弱喔。」

「原、原來……是這樣嗎？」

「對。然後啊，關於你認為很平凡的那些事情——」

奧莉維亞露出可怕的笑容，說道：

「你所謂的普通，在古代世界多半說得通吧。可是——在這個魔法遠比那時候衰退的時代，你的想法破格到了極點。

先前你當成『鉅級熱焰術』施展的法術，在這個時代稱為『終極熱焰術（Ultimate Flare）』。是『不可能技術』當中又特別知名的超特級魔法。

雙重施法也一樣，現在已經眾所周知是任何人都施展不了的技術。

沒錯，是連你雙親那兩位大魔導士都不可能辦到的技術。」

奧莉維亞說到這裡頓了頓，然後搖動黑色的貓耳與尾巴，露出微笑。

「那麼——你到底為什麼，會把古代世界的常識，當成這個時代的常識呢？」

……………

……………

……啊，這樣啊。原來如此啊。

所以大家才會把我這個平凡的村民捧得那麼高啊？

的確，我建構轉生用的魔法術式時，是讓我生為一個平均水準的人族。但那是「古代世界的平均值」……而在魔法文明遠比那個時候劣化的現代，古代世界的平均值就是破格了。

哈哈哈，哎呀，傷腦筋傷腦筋。

哈哈哈哈哈哈。哈哈哈哈哈哈哈哈哈。

……………………………………………………………………………

……誰來救救我。

「哎呀，不過話說回來，真是不可思議呢。你的魔力裡頭，有種令我懷念的感覺呢。」

她抓住我肩膀的力道一秒比一秒強，同時我感覺到胃痛也不斷變強。

接著，奧莉維亞笑瞇瞇地說了：

「我說啊，亞德・梅堤歐爾……你是什麼人？」

第六話　前「魔王」，大事不妙了

我死之後，「魔素」不斷稀薄，讓魔法文明不但並未繼續發展，反而劣化，這件事即使以我這個前「魔王」的眼力，也沒能看出來……因此我現在……

「我再問一次，亞德．梅堤歐爾。你到底是什麼人？」

就快要被以往的左右手給殺了。

「喔喔，奧莉維亞大人在笑……！」

「以鐵面無情知名的奧莉維亞大人在笑……！」

「不愧是大魔導士的兒子！才剛入學就被奧莉維亞大人看上眼，真不是蓋的～！」

不對。這女人的這種表情，不是中意對方的表情。

她有這表情時，想的是要不要乾脆殺了眼前這個人、該怎麼辦才好呢。

奧莉維亞有著愈是心情不好的時候就愈多話，表情也愈活潑的傾向。相反的，她心情好的時候就會比平常更沉默，有時候還會搞出一些孩子氣的惡作劇。

還有，從她貓耳與尾巴的動作，也可以看出她心情好不好。

然後……現在奧莉維亞，已經完全在懷疑我就是「魔王」瓦爾瓦德斯。不，與其說是懷疑，我看這已經是……確信？

「大魔導士的兒子啊，你有什麼話要說嗎？」

哈哈，不對吧。奧莉維亞啊，妳想問的不是我有沒有什麼話要說，是死前還有沒有什麼話要說吧？妳完全打算殺了我吧？沒錯吧？

……為什麼會變成這樣？我得找負責人問個清楚才行。誰去叫負責人來啊。

……啊啊，就到此為止了嗎？可是，我還是要掙扎到最後。

我冒著冷汗，直視奧莉維亞的眼睛，說道：

「我是大魔導士的兒子。僅只於此。」

我們對看了一會兒。然後——

「也好。眼前我就接受你這個答案。眼前。」

保、保住性命了……！我看著奧莉維亞背向我，漸漸走遠的背影，大大鬆了一口氣。

對我而言，奧莉維亞這名女性，是比任何人都更值得信任的左右手……是如同親姊姊般的存在。我想，她也把我當成親生弟弟一樣愛護。

直到我被稱為「魔王」為止。

從那個時期起，她對我就劃清了身為部下的界線。這個舉動讓我……被關進了完全的孤獨牢籠之中。我一直以為只有奧莉維亞，永遠都會維持和我對等的關係。所以，這種心情遭到背叛，讓我覺得好痛苦、好難受……

我之所以轉生到這個時代，從某種角度來看，也有一部分是故意要氣她。

所以不是我的錯。大概有八：二的比率，是奧莉維亞的錯。

……但不管我怎麼滿口大道理，現狀都不會改變。

一旦真實身分拆穿，我多半就會受到不當的私刑，好的話弄個半死，不好的話，等著我的就是身敗名裂。所以，如果可以，我想乾脆逃出學校。可是我得顧慮到雙親的顏面，而且最重要的是一旦逃走，奧莉維亞多半就會確信我＝「魔王」。

想來她應該還在懷疑。因此我認為，這種時候還是該留在學校裡，當個普通的學生，不要出風頭，洗刷奧莉維亞的疑惑。

所以呢，我現在正要迎來在魔法學園的第一堂課。

教室內的時鐘指針走到上課時間的同時，該堂課的講師走了進來。

是潔西卡。她甩動一頭白金色的長髮走進教室，目光在室內掃過一圈，認出我和伊莉娜，笑瞇瞇地露出迷人的微笑……

「呵呵，你們兩個，我們又見面嘍。」

她這麼說完，學生們立刻一陣交頭接耳。

「他們和侯爵家的天才有來往嗎……！」

「是不是該趁現在拉攏他們兩個？也許會變成日後派得上用場的人脈。」

平民學生坦率地震驚，貴族學生則顯露出黑心的盤算。

之後潔西卡走到講台上，目光先在學生身上掃過一圈……

然後看向教室講台這一側，入口附近的角落。

「對了……為什麼現在，傳說的『使徒大人』會在這裡呢？基本上一堂課應該都只有一個授課講師。」

所謂的「使徒大人」，指的就是奧莉維亞。她從剛剛就一～直不離開教室，站在角落瞪著我。

「……因為有個學生讓我很好奇。我不會妨礙妳上課，把我當空氣就好。」

教室內又是一陣交頭接耳。

「她說好奇的學生，一定是他吧。」

「亞德真有一套，竟然牢牢抓住奧莉維亞大人的心……！」

「情敵竟然是奧莉維亞大人，實在不覺得自己有勝算啊……」

這些傢伙一個個都會錯意。我跟她明明就不是那種粉紅色的關係。

「是喔。算了，既然這樣，就請您自便。」

潔西卡若無其事地回答，轉過來面向我們。

「那麼，在今天要上的魔法煉製學，前半我會針對魔法藥劑的歷史講解，後半上煉製實驗。我會根據你們煉製的結果來打分數。合格水準就定在五十分以上吧。不合格的同學，我會要你們參加一場不留情的補習，你們可要做好覺悟了。」

她雙手扠腰，挺起雄偉的胸膛，微微一笑。相信她的這種模樣，看在學生眼裡——尤其男生眼裡，會顯得非常惹人憐愛吧。已經有些人露出了迷上的表情。

然後她拿起粉筆，用纖細的手指在黑板上劃過。

「就如各位同學所知，魔法藥劑的歷史還很淺。大約五百年前誕生，由四天王之一的使徒維達大人，在試圖用以取代不停劣化的治療魔法這樣的理念下所開發的藥品，就是當今魔法藥劑的原形——」

講課進行得很順利，沒什麼問題。籠罩在靜謐之中的教室裡，只聽得見潔西卡的美聲，以及粉筆在黑板上書寫的聲響。然而——

「藥劑作為治療魔法的替代品，發揮了非常大的作用。例如說……十幾年前那令人覺得最好提都別提的案子，那些『魔族』讓『邪神』復活時，就有許多人受害。當時行使治療魔法的人不夠，就結果而言，就是靠藥劑——」

「魔族」以及「邪神」這兩個字眼，從潔西卡口中說出的瞬間，教室內的氣氛立刻有了改變。先前每個人都鎮定地聽課，然而……聽見這兩個字眼的同時，所有人都表露出了不悅。

不過這也沒辦法。在這個以「魔王」為主神的宗教普及的時代，「魔王」所敵視的對象，多半也就會變成人們憎恨的對象。

而且「魔族」至今仍然存在，繼續進行恐怖行動，對社會造成不安。大家會投以強烈的負面情緒，也可說是理所當然。

但在這樣的情形下，只有伊莉娜獨自難過地低下頭。

我才剛產生到底是為什麼的疑問，結果……

「好，講課就講到這裡，我們開始進行煉製實驗吧。」

一名狀似助手的女子，將煉製用的材料與一些魔法裝置推到教室內。

潔西卡拿起一個手掌大小的盒子說：

「這個裝置可以檢測你們煉製出來的藥劑效果值。只要把藥劑倒進這個管子裡，側面就會顯示出效果值的數字。我會根據這個數值，為你們打分數。大家一起努力拿到五十分以上吧！」

之後我和伊莉娜仿效眾人，把材料與器材搬到桌上，立刻開始煉製。

「亞德，我們來比賽，看誰拿得到更高的分數吧！」

「好啊，沒有問題。」

「哼哼，這次我可不會輸！」

伊莉娜露出好勝的笑容，手指筆直指向我。

啊啊，真令人莞爾。得到療癒。被奧莉維亞害得累積了很多的壓力，也都和緩下來。

只是，說來對她過意不去，但這場比賽，我要故意輸掉。

畢竟我打算做出普通的魔法藥劑。

所以呢，我立刻開始動手。這次要煉製的藥劑，是用來治療傷勢的。材料是【尼利基草×三】、【米茲米的根×二】、【摩爾剛蝶的翅膀×二】這三種。用缽把這些充分乾燥過的材料磨成粉末，放進容器，用水溶解。

然後我用法液，在桌上畫出特殊魔法陣。把容器放到上面，灌注魔力。

魔法藥劑的概念，是我前世那個時代所沒有的，但我父母的藏書中，有著類似魔法藥劑製作教本的書籍。我就是看這些書來學習煉製方式。

……只是話說回來，這點程度就要用到特殊魔法陣嗎？

古代世界中，除非是要施展只靠自己無法施展的特級魔法，或是要進行特殊的儀式，否則都不會用到特殊魔法陣。

看來這個時代的魔法，衰退的程度超乎我想像。

不管怎麼說，我照父母藏書中所記載的方式，做出了藥劑。

好，這是超級普通的藥劑。顏色也和大家的藥劑一樣，是鮮豔的綠色。

相較之下，伊莉娜的藥劑和每個人都不一樣，是紅色的。

「哼哼～感覺我還沒計分就已經贏了呢！」

「哈哈，很難說吧？比賽要到最後才知道。」

我嘴上這麼說，其實滿心打算要輸。

我想看到伊莉娜贏過我，得意洋洋地挺起胸膛時，那種好可愛好可愛的模樣。

不說這些了。所有人都煉製成了藥劑，潔西卡見狀點了點頭。

「那麼，就請各位同學從最前排開始，照順序上台集合吧。」

學生們在她一聲令下，一起有了動作。

「唔，效力值三百啊。你是三十五分。跟我一起開心地補習吧。」

「咦咦————！」這個男生發出抗議的叫聲，卻露出開心的表情。

此外還有很多人也都必須接受補習，但男生一律都顯得很開心。這也難怪，能和潔西卡這種身材姣好的美少女相處，自然會有人想接受補習。

不管怎麼說，檢測順利進行——輪到我和伊莉娜坐的這一排。

我們站起來，和前排的同學一樣走到台上，接受檢測。

然後，終於輪到會讓我們想把半個世界分給她的女生——伊莉娜登場了。

她以自信滿滿的表情，把藥劑注入盒型魔導裝置。結果——

「喔喔……！效力值一萬兩千！好厲害啊，伊莉娜！妳是一百分滿分！」

潔西卡嚇呆了似的瞪大眼睛。

這樣的結果，讓伊莉娜挺起雄偉的胸部，頻頻瞥向我。

「哼哼~！還好啦，簡簡單單！（瞥）」

她言外之意，透出「所以你可以誇我喔！」、「趕快誇我！」、「汪汪！」的討關注意味。她得意的表情就是這麼惹人憐愛。

我當然會好好回應她的期待。

「了不起。妳棒透了，伊莉娜小姐。」

「嘻嘻嘻嘻。還好啦，畢竟是我嘛！這當然了！」

她一撥漂亮的銀髮，臉頰鬆垮垮地，幸福地瞇起眼睛。就像被主人誇獎的小狗狗。伊莉娜小狗狗好可愛。

「……這小女生好乖啊。和學生時代的懷斯大不相同。」

奧莉維亞喃喃說出這句話，伊莉娜立刻看過去。

「咦？奧莉維亞大人認識年輕時的爸爸？」

「是、是啊。」

伊莉娜眼神發亮，讓奧莉維亞有點不知所措地後退。

「請告訴我！爸爸年輕的時候是什麼樣子？」

「現、現在還在上課。如果無論如何都想知道，晚點再來辦公室找我。」

伊莉娜開心地點頭，奧莉維亞則顯得很煩惱，不知道該怎麼應付她。

相信對她而言，像伊莉娜這樣用太天真的態度對待她的人，應該很少見吧。

好久沒有看到奧莉維亞那麼明顯露出傷腦筋的表情了。

這娘兒們也有可愛的一面——

「喂，大魔導士的兒子，你賊笑兮兮看著我是什麼意思？小心我劈了你。」

才沒有。我這老姊果然只有可怕的一面。

之後有幾個人接受藥劑檢測。

「好了，接著輪到亞德了……呵呵，我可是很看好你的喔，天才兒童。」

不只是潔西卡。整間教室的人都露出緊張的表情，看著我和我的藥劑。奧莉維亞也以僵硬的表情瞪著我。

哼哼，你們這樣矚目我也沒用。這是如假包換的平凡的藥劑。你們期待的那種情形並不會——

「效、效力值，無法檢測……！」

——咦？

「這、這是怎麼回事呢……？這個裝置應該連萬靈藥級都可以檢測……不、不對，慢著……難、難道說，這是賢者的寶液……？」

不，這個……

「賢、賢者的寶液！」

「賢者的寶液，是童話裡會有的那種……？」

「說是喝下去人就會變成超人，還可以讓死者復活的那傳說中的……！」

等一下。喂，等等。

「請、請等一下，這個，我說呢，是普通的藥劑喔。和賢者的寶液不一樣。我都乖乖照父母的藏書煉製，所以不會錯。」

「……順便請問一下，書名是？」

呃，記得是，沒錯——

「記得是……《亞特利亞式煉製史書》。」

「亞、《亞特利亞式煉製史書》？那豈不是傳說中的煉製術師亞特利亞記下的寶典！」

「咦咦咦咦咦咦咦咦咦咦咦咦咦咦咦咦咦！」

原、原來那本書，這麼有價值嗎？

啊，該死！我都忘了！我的雙親是大魔導士！仔細想想，想也知道他們的藏書當然不會是尋常貨色！我竟然犯了這麼初步的錯！

「……賢者的寶液啊？你真的做出了好棒的東西來啊。」

不、不妙！奧莉維亞的滿臉笑容愈來愈燦爛！愈來愈開懷！

「不、不對！這、這是，這個……對、對了！全都是多虧了家父家母！是因為雙親有收藏傳說典籍，我才做得出賢者的寶液——」

「嗯，的確，藥劑的煉製，可說完全取決於建構特殊魔法陣的術式。」

「就是說啊！就是說啊！所以我根本沒什麼了不起——」

「可是，如果不供應魔法陣所需的魔力，根本就無法煉製。你這個特殊魔法陣需要供應的魔力量，比起一般的魔法陣，足足是數萬倍之多……！而你能夠獨自供應這個量的魔力，就不得不說實在是了不起！」

妳這笨蛋，不要多嘴啊啊啊啊啊啊啊啊！

「數、數萬倍？」

「亞德到底是有多破格啦……」

「哼哼！知道厲害了吧！這就是亞德！這就是我朋友！」

怎麼樣厲害吧？伊莉娜擺出這樣的表情，挺起雄偉的胸部。

她的模樣實在非常惹人憐愛，但這個舉動現在卻適得其反。

「英雄男爵的女兒說得沒錯啊。好厲害啊。」

啊～～……奧莉維亞的表情變得愈來愈燦爛啦啊啊啊啊……

笑容變得好迷人啊啊啊啊啊……

「哈哈哈哈，亞德·梅堤歐爾，你真是個了不起的傢伙啊。」

咿！她、她笑啦啊啊啊！發出笑聲啦啊啊啊啊啊啊！

這、這豈不是離被宰掉只差一步了嗎！

「呵呵呵呵。我好中意你啊，亞德老弟。」

嘎啊啊啊啊啊啊啊啊！叫我老弟！竟然叫我老弟！被這娘兒們用老弟稱呼的人，沒有一個活著啊！她完全確信我是「遲早要宰了」的人啊！

得、得得、得想辦法才行！得想個方法因應！

第七話　前「魔王」，決心培育人才

之後，我拚命為了洗刷奧莉維亞的疑惑而行動……但每個舉動都適得其反，結果讓她的笑容愈來愈燦爛，「這小子就是『魔王』吧？」、「要處死嗎？要處死嗎？」的氣場也愈來愈強。為什麼會變成這樣？

然後經過午休時間，我現在正在上今天的最後一堂課。

舞台是學園的地下迷宮。

所謂迷宮，是「魔素」遠比一般的地方更濃密的空間，迷宮的核心就以這些魔素為媒介，會在內部持續生產魔物，維持一定的數量。

因此迷宮既是可怕的地方，同時卻也是寶貴的魔物資源寶山。

攻略這樣的迷宮，在賺取金錢的同時對社會做出貢獻的人們，稱為迷宮探索者。由於本校的教育方針，就是培育萬能的人才，就和其他學園不一樣，也會學到各種和魔法不太有關的知識與技術。因此畢業生的出路五花八門，聽說其中也有人成了知名的迷宮探索者。

說來，地下迷宮的景觀，我已十分眼熟。

石造的地板、牆面、天花板——這些都爬滿了整面的青苔，發出淡淡的光芒。

空氣冰冰涼涼的，而這樣的寒氣，讓踏進迷宮的人萌生緊張的情緒。

就在這樣的迷宮入口，冰冷的空間正中央，聽見講師悠哉的說話聲。

「各位同學～大家放輕鬆～～迷宮上層什麼問題都不會有的～～」

這個人說話的聲調會奪走人們的緊張感，外表也呈現半身人族特有的悠哉感，但聽說他曾是本領高強的冒險者。

……他身旁一樣站著奧莉維亞，頻頻動著黑色的貓耳與尾巴，笑瞇瞇地看著我。我好想砸爛她這笑容啊。

「這次是第一次在迷宮上課～～就選個比較簡單的東西吧～～」

首先，我們跟隨講師，透過他的講解，學習獵殺魔物與肢解的方法。然後……

「那～我要出課題嘍～請大家下到三樓，去討伐黑狼～剝了皮帶回來～然後由我來判定這些皮的品質～然後依據品質來幫各位同學打分數～」

他用像是在打呵欠的聲音說到這裡後……說出令人心神不寧的話來。

「那～大家三人為一組～～這次的課題，要請大家組隊來完成～～……」

不用說也知道，對一個與孤獨共處的人而言，「去找人組成兩人或三人小組」是不能說的禁語。相關的插曲也已經不用多說，所以我絕對不說。

回首看過去有什麼意義呢？重要的不是過去，而是現在。所以呢……

「亞德！請你收我進你的隊伍！」

「等等，要當亞德同學隊員的是我！」

就好好享受有許多同班同學邀我組隊的現狀吧。

講師一宣布課題，我和伊莉娜周遭立刻湧現人潮。

我為難地不知如何是好之餘，卻也為這令人高興的狀況露出笑容，只是……

忽然間，一個孤伶伶的少女落寞站著不動的身影，映入我的眼簾。

是先前被艾拉德霸凌的魅魔美少女吉妮。

她把玩著留到肩膀的桃色長髮，一臉不安的表情，視線瞥向四面八方。

她的模樣，簡直就和我在前世度過學生生活的時候一模一樣。

沒有任何人邀她，但又沒有勇氣自己邀人，因此陷入孤立。

也許是對自己的狀況覺得丟臉，只見吉妮的一雙碧眼開始被淚水沾濕。我實在不可能對這樣的她置之不理，於是正要踏出腳步以便擺脫人群……結果就在這個時候——

「吉妮！妳進我們這一隊吧！」

伊莉娜比我快了一步，走到她身旁，對她說話。

她說話的語氣裡，有著堅決的意志以及慈愛。聽到她這麼說，吉妮和周遭的學生們一樣，眼睛睜得圓圓的，但過了一會兒，她嘴唇發顫地說出話語。

「找、找我這樣的人，真的好嗎……？」

吉妮雙手舉在大大的胸前握緊。

伊莉娜則對露出不安表情的她斷定：

「那還用說！亞德也沒有異議吧？」

我對看過來的她微微一笑：

「是啊，沒有任何問題，伊莉娜小姐。」

我們家女兒果然很棒。心地善良，充滿慈愛。

我不由得想——如果在前世能遇到她，該有多好。

不管怎麼說，我們迎接吉妮加入，開始了探索。

迷宮內寒風刺骨，制服暴露度高的女生們，大部分都冷得發抖。

但相信她們會發抖，原因並不是只出在溫度上。是飄盪在迷宮內部的獨特陰氣，喚醒了原始的恐懼，讓身體不由自主地發抖。

走在我身旁的兩名美少女之一，魅魔族的吉妮，也用雙手環抱上半身，擠得雄偉的胸部變形，以擔心受怕的眼神將視線送向四周。

她大膽露出的一雙又白又嫩的大腿，走起路來有些內八……看到她這種模樣，慾望就會受到魅魔特有的氣氛刺激，讓我想整個撲倒她。雖然我當然不會真的撲倒。

至於另一邊，我們家的伊莉娜小妹妹……

「亞德的亞是惡即斬的亞～♪亞德的德是捅死你的捅～♪（註：亞德的日文分別和惡和捅的開頭第一個字同音）」

她從剛剛就哼著奇怪的歌，揮著手臂，堂堂正正地走著。

每當她的手臂隨著荒腔走板的歌聲擺動，豐滿的乳房也跟著動得波濤洶湧。

我和伊莉娜在村子裡生活時，幾乎每天都去迷宮。因此，我們不會被這獨特的氣氛震懾住。

這時，要找的魔物就出現在我們眼前。

是身高不滿一梅利爾的黑色野獸——黑狼。

數量是十隻。整群一起出現的這種野獸，讓吉妮在小小的驚呼聲中，一跤坐倒在地。

為了讓連連發抖的她放心，我在微笑中說道：

「不用怕，吉妮同學。這點魔物，我馬上打發掉。」

於是我彈響手指。下一瞬間，黑狼群附近出現幾個幾何學紋路魔法陣，噴射出火焰。

要讓十隻魔物化為焦炭，用不到三秒鐘。而在下一瞬間——

【打倒了黑狼！】

眼前出現了灰色的半透明板。

迷宮有著不同於現實世界的法則，是個堪稱異世界的地方。

這半透明板，也是讓迷宮與外界迥異的因素之一，會在打倒魔物，或是從寶箱取得物品之類的各種時機出現。

其存在意義至今仍然不詳。我不太有興趣，所以也不打算去解析。

「一、一瞬間就打倒整群黑狼……！亞、亞德，你好厲害……！」

「哼哼～！如果只為了這點小事就嚇到，可跟不上亞德喔！畢竟亞德在十二歲的時候，就解決過上古狼了！」

「咦咦咦咦咦咦咦！十、十二歲就解決那麼強悍的上古狼？」

我聽著她們兩人談話，看看黑狼的屍骨，環抱雙手。

我完全弄錯了火力。每一具屍骨都成了焦炭。

這樣根本沒辦法剝皮。正當我想著要拿捏強度真是困難之時……

「我、我能和兩位這麼厲害的人組隊，覺得非常光榮。可、可是……像我這樣的人，和兩位一起走，真的好嗎……像我這種人，只會拖累兩位……」

唔，看來這孩子有著過度卑微的毛病啊。多半是因為從小就被艾拉德霸凌吧。

她的心情我很了解。我在前世的幼年期，也是個被霸凌的小孩。因為我長相有點像女生，所以被說娘娘腔，每天都被人拿垃圾丟，在我因為種種原因而失去家人與住家後，在路邊搭來睡覺的地方也被拆掉，還笑我說「沒有地方給你這種人睡啦」……

幼年期有著這樣的經驗，就會漸漸形成卑微的人格。

我是多虧了奧莉維亞這個兒時玩伴才得救，但是吉妮多半沒有這樣的對象吧……既然如此──

「吉妮同學。只要妳不嫌棄，要不要接受我的魔法指導？」

「咦？魔、魔法指導，是嗎？」

「是。雖然我也還是個學生，但我想還是能授與吉妮同學一點實力，讓妳可以得到某種程度的自信。」

只要擁有實力，人多少都會擁有自信。

我想到要讓吉妮變強，讓她擁有自信。可是……

「……我不可能變強的……」

吉妮低下頭。相信她被瀏海遮住的一雙眼睛，正搖曳著卑微與自虐的神色。

我對這樣的她，盡可能強而有力地斷定：

「不，妳能變強。應該說，我會讓妳變強。一定。」

這句話，讓吉妮戰戰兢兢地抬起頭，看著我說：

「請、請問，你為什麼要這麼照顧我……？像我這種人……對你來說，不就只像是一顆路邊的小石頭嗎……？」

「吉妮同學，這個世界上啊，沒有什麼路邊的小石頭。每個人都是拚命活在自己人生的主角。妳也一樣。現在妳只是不知道發光發熱的方法……其實妳也想發光發熱吧，吉妮同學？」

「……和英雄譚的台詞，一樣……簡直……」

吉妮再度低下頭，喃喃說著我聽不懂意思的話。我一瞬間覺得傷腦筋，心想看這樣子可能行不通，但她立刻猛然抬頭。

「請、請務必多多指教！」

她的眼神中，有著要和過去的自己訣別的氣概。

於是我開始教育這位可憐的魅魔族美少女。

第八話　前「魔王」的魔法課PART1

之後，我教了吉妮無詠唱施法的方法等知識，試圖強化她的實力，然而……全都失敗了。得不到像樣的成果。

「……我果然是個……無能女吧。」

面對極為沮喪的吉妮，我雙手抱胸，歪頭思索。

這個時候就算說話安慰她，也只會反倒讓她覺得自己更悲慘……

即使描述「妳有很驚人的才能」這個「事實」，她多半也不會相信。

吉妮卑微地認為自己無能，但事實並非如此。魅魔族不可能會無能。從我前世的時代，魅魔族就是稀有的人種，有著高度的魔法素養。吉妮多半也不例外，有著高度的素養。

那麼要說到為什麼對她的教學如此沒有效果，原因完全出在精神上。魔法的效力與學習狀況，會大受精神狀態的影響。

如果懷抱強烈的自信，處在放鬆的狀態下，效力與吸收力都會變得完全不一樣。相對地，陷入極度的緊張狀態，就有可能完全無法發揮實力。

……如果可以，我是不想教人這招，但這是為了讓吉妮有自信。沒有辦法。

我先嘆了一口氣。

「不可以死心，因為我還有東西可以教妳。這個技術……伊莉娜小姐，連妳我都沒教過。」

我一說到這裡，兩人立刻眼神一亮。伊莉娜的眼神中有著好奇心，吉妮眼中則多了希望的光芒。而我就在傳授這某種技術之前……

「來得正巧。我們就拿那黑狼當對象，實踐看看吧。」

我話還沒說完，就對眼前的黑狼開始做出某種行動。我正視進逼而來的黑狗，手指憑空劃過。結果——

下一瞬間，黑狼的周遭產生了爆炸。

強度也拿捏得剛剛好，成功地讓牠在可以好好剝皮的狀態下沒了命。

「……咦？請問……咦？」

「亞、亞德，你、你剛剛，做了什麼？」

兩人瞪大了眼睛看著我，我對她們豎起食指回答：

「就是把用拆解開來的符文構成的簡易魔法陣投影到空中，快速發動魔法的技術。我個人稱之為『解字魔法（Script Magic）』。」

「解、『解字魔法』……？」

「這、這種魔法，我沒聽過也沒看過……！」

「我想也是。畢竟是我編出來的。」

「咦咦咦咦咦咦咦咦咦咦咦！」」

兩人同時發出驚呼。

「你、你創造出了一套自己的魔法概念？要、要知道有辦法做到這種事情的，可就只有魔、『魔王』了耶！」

「哼、哼哼！這、這這、這才是亞德！知道厲害了吧！」

好難得啊，伊莉娜真的嚇了一跳。本來她已經不再會為一些小事嚇到了……所以我才不想教這個。我有自覺，知道這個技術超脫了常識。一旦曝光，日後一定會弄得很麻煩，這些我都明白。

但我還是希望吉妮有自信。希望她逃出地獄。

就像以前奧莉維亞救了我那樣，我也希望拯救吉妮。

「亞、亞德真的是個好厲害的人呢……可、可是，剛才的『解字魔法』，果然是要像亞德這樣有才能的人才會——」

「不會喔，任何人都能施展喔。畢竟這個魔法概念就是在這樣的主旨下創造出來的。」

「咦！」

「就如我剛才所說，『解字魔法』是拿拆解開來的符文，建構簡單的魔法陣來施展的魔法。因此，只要會畫魔法陣，任何人都能施展。」

「好、好厲害……可是，威力那麼強，魔力消耗量還是會——」

「不會喔。『解字魔法』的魔力消耗量是零喔。」

「「咦咦咦咦咦咦咦！」」

兩人再次同時發出驚呼。默契真好耶。

「魔、魔力消耗量，是零……！」

「到、到底，現在是什麼情形？」

「原理非常簡單。就只是在用拆解開來的符文建構出來的魔法陣裡，加進以大氣中的『魔素』為能量來源的術式。結果就是和一般的魔法不一樣，在用手指把魔法陣投影到空中的這個時間點上，魔法就會發動了。」

兩人半信半疑，我把用拆解過的符文構成的術式內容告訴她們。

在那之後，伊莉娜迅速支解黑狼。結果——

【取得了黑狼的皮（普通）價值：五十！】

看到出現的半透明板，她歪頭納悶。

「之前我也想過，會顯示（普通），也就是說還有（很厲害）之類的？」

這我不清楚，但伊莉娜（可愛）是不證自明的道理。

支解完畢後，我們往前進，又遇到了幾隻黑狼。

「就請牠們陪我們練練吧。吉妮同學，妳準備好了嗎？」

「好、好的！」她先點點頭，然後立刻用手指在空中比劃。

剎那間，黑狼群被「解字魔法」的爆炸吞沒，當場斃命。

「成、成功了……！成功了，成功了！成功發動了！亞德！」

吉妮露出爆發性喜悅的表情，整個人蹦蹦跳跳！她每跳一下，桃色的頭髮都輕飄飄地盪起，大尺寸的胸部也跟著沉甸甸地搖晃。

不管怎麼說，看來就如我的盤算，她有了一些自信。

「可是話說回來，魔力消耗量真的是零耶。要是這種魔法公開出去，難保世界的勢力平衡不會改變吧……？」

「哈哈，不會的。如果只用『解字魔法』，『魔導士』的可持續戰鬥時間，理論上的確會有飛躍性地提昇。可是，考慮到這種魔法是以大氣中的『魔素』為能量來源發動的這種性質，也就只能發動小規模效力的魔法。因此，這只能當作一種牽制用的技法。」

也就是因為考慮到這些情形，我才不把這個技術告訴任何人。

「……好了，兩位，我們差不多該來支解黑狼了。」

兩人點點頭。伊莉娜小跑步跑向黑狼的屍體，拔出小刀，開始支解。她的手法和剛才一樣俐落，只是……

「好可惜啊。」

……啊，糟糕。我無意識中說出了心中的念頭。

「可惜？這話怎麼說？」

「呃，這是因為，這個……」

不妙啊，我想不到藉口……看這樣子，已經沒別的辦法了。

「兩位，我接下來要做的事情，還請妳們保密。」

我先丟下這句話，然後在一具死屍前單膝跪下，發動「熱焰術」。

我調整術式，把形狀變更為小刀狀，然後……

「黑狼的皮只要用特殊的方式剝下，強度就會變成很多倍。請妳們看好了。」

我將用「熱焰術」形成的火焰小刀，插進黑狼的屍體。

「一邊加熱一邊剝下黑狼的皮，就可以讓皮的強度大幅上升。雖然乍看之下和正常剝下來的皮沒什麼兩樣，可是……」

我剝下皮後，灰色的半透明板出現在眼前。

【取得了黑狼的皮（極上）價值：三百！】

這個標示，讓伊莉娜她們瞪大了眼睛。

「價、價值三百！」

「而且，果然真的有耶，有（普通）以外的標示。」

之後我們決定比較（普通）與（極上）這兩種不同等級毛皮的耐久力。

我們把用了特殊方法剝下的皮，以及單純剝下的皮並排，然後發動普通的「熱焰術」，試著燒烤兩塊毛皮，結果……

「普、普通的皮連焦炭都沒留下，可是……！」

「亞、亞德剝下的皮，一點損傷都沒有？」

兩人睜大眼睛，問出了極為理所當然的疑問。

「到、到底，是從哪裡知道這樣的知識？」

「是傑克伯父教的吧？一定是。」

「是啊，伊莉娜小姐說得沒錯。」

這是騙人的。其實是我還是「魔王」的時候，有個部下教我的。

我部下的經歷五花八門，其中也有人曾經當過冒險者。

就是這個人針對各種素材的剝取方式，教了我很多。

「傑克伯父果然很博學！」

「請問，妳說的傑克伯父，該不會就是……」

伊莉娜一邊談話，一邊撿起皮，準備收進背包。

不行。要是把那種東西拿回去，肯定會引起大家的注意。

「慢著，伊莉娜小姐。那塊皮要丟……」

話才說到一半，我們腳下開了洞。

而下一瞬間，我們的體重變成零……

意識轉為一片漆黑。

第九話　前「魔王」的魔法課PART2

……迷宮內有著迷宮地洞的概念。這是會在迷宮中產生的機關之一，當腳下突然開洞，一旦摔下去，就會無從抗拒地掉進下一層樓。我們掉進這種迷宮地洞的結果，是掉進了……

「唔，這多半是……樓層主的廣廳吧。」

迷宮中每隔一定層數，就會有稱為樓層主的強力魔物座鎮。這次的對手是……

「會是什麼呢？稍微大隻一點的……牛人？」

「是、是是是、是牛頭人！」

牛頭人？那麼寒酸的牛人是牛頭人？我所知道的牛頭人，是一種強大的魔物，身披莊嚴的鎧甲，單手拿著賦的魔法足以劈開大地的戰斧耶。

眼前這個東西除了全身毛茸茸，頭是牛頭以外，和牛頭人找不到任何共通點。

沒穿鎧甲，單手握住的棍棒也很寒酸。

……只是話說回來，比起黑狼仍然是壓倒性的強嗎？

「嗯。就請他協助，為我們的魔法課收尾吧。」

我剛喃喃說完這句話——

「噗嚕喔喔喔喔喔喔喔喔喔喔喔喔喔喔喔喔喔喔喔喔！」

魔物的嘶吼，迴盪在石造的空間內。

「哈哇、哈哇哇哇哇……！」

大概是被眼前的怪物牛頭人釋放出的厲氣震懾住，吉妮一跤坐倒在地。

她的腋下與大腿流出大量的汗，全身發抖，藍色的眼睛被淚水沾濕。

伊莉娜也是大同小異。她咬得牙關格格作響，流出大量的冷汗。

然而……在我看來，還是無法理解為什麼面對這點本事的嘍囉，會做出這樣的反應。

「好了，接下來我們就來上『解字魔法』的最後一課。」

我說到這裡，踏上前去，大剌剌走到牛頭人面前。

「亞、亞德！危、危險——！」

吉妮一句話喊到一半，牛頭人已經一棒揮下。

這呼嘯生風的一棍，真的沒什麼了不起。

我用最低限度的強化魔法提昇身體機能，用一根食指接住。

「這點程度可是連隻蟲子也殺不了喔，牛頭人先生。」

不知道是不是錯覺，面對我的怪物臉孔，看似因為焦躁而扭曲。

我見狀先微微一笑，然後說：

「第一課，處在這種極近距離下，不應該使用『解字魔法』。進行空中投影時，會全身都不設防，所以一定要遠離對手。」

我說完，立刻朝牛頭人腹部打了一拳。

我只是輕輕一拳，但牠巨大的身軀仍然被打得飛向遠方。

「不、不會吧……！」

「哼、哼哼！就是這麼簡單！」

吉妮瞪大了眼睛，伊莉娜則當成自己的功勞似的得意，而我對她們說：

「第二課，對方露出大破綻時使用，就會有極佳的效果。」

我朝準備起身的怪物，用手指在空中比劃。

是「解字魔法」之一的「袖珍熱焰炸彈（Short Flare Bomb）」。

剎那間，牛頭人巨大的身軀被爆炸吞沒。

「哞喔喔喔喔喔喔喔喔喔喔喔喔喔喔喔喔喔！」

牛頭人發出哀號，原地跺腳，我毫不留情地乘勝追擊。

我看著敵人被灼熱與閃光的漩渦吞沒，同時說道：

「『解字魔法』的優勢在於連射性。跟一般魔法不同，沒有重新發動所需的冷卻時間問題，而且也不消耗魔力。因此只要對方一旦退縮，要像這樣形成單方面把敵人壓著打的情形也是有可能的。」

牛頭人束手無策，只能一再被爆炸吞沒。

唔，只差一點就可以討伐完畢啊。既然這樣——差不多是時候了吧。

我停下攻擊，看向吉妮。

「吉妮同學，最後由妳來收尾。」

「……咦？」

她露出一臉聽不懂我說的意思的表情，我則以認真的表情對她宣告：

「拿出勇氣來。然後，和過去訣別。這就是用來讓妳做到這一步的儀式。」

我以幾乎要將她射穿的視線看著她。

吉妮的臉上竄過各式各樣的感情。這些感情，幾乎都是喪氣話。

為了激勵她，我開了口：

「妳不是想改變嗎？不是想發光發熱嗎？那就讓我看看妳能不能爭這一口氣。」

然後又說：

「吉妮同學，對妳而言，現在正是人生的分水嶺。」

這句話，似乎在她的心中點起了火苗。

「……我……之前一直都逃避難受的心情。一遇到什麼討厭的事情，就把自己關在房間裡，讀著魔王的英雄譚……一直想著，有一天，會有像魔王這麼棒的人來救我，就這樣安慰自己……明知這樣非常空虛。」

可是，不想再逃避了——吉妮的表情透出這樣的決心。

……看來她果然也有了像樣的自尊心。

這是當然的。任何人都不會想一直當個弱者，都會想趕走自己的軟弱。沒錯，就和過去的我一樣。

吉妮也壓下卑微的自己，為了找回身為一個人的尊嚴，往前踏出了一步。

她站到牛頭人身前。雖說牛頭人已經瀕臨死亡，但相信對她而言，仍是可怕的怪物。因此吉妮全身發抖，臉上有著恐懼。然而，即使是這樣——

「吃、吃我這招！」

她發動「解字魔法」。手指在空中比劃，畫出術式。

魔法陣完成的同時，牛頭人被爆焰吞沒。

「咕哞喔喔喔喔喔喔喔喔喔喔喔喔喔喔！」

那是哀號，但聽在吉妮耳裡，可能覺得是試圖反擊的咆哮——

「咿咿咿咿咿咿咿咿咿咿咿咿咿咿咿咿！」

她也同樣發出尖叫聲，但不停下手指，不停止攻擊。

絕不停止這為了脫胎換骨而進行的儀式。

她濕潤的眼睛所向之處，有著眼看正要倒下的牛頭人。

沒錯，這樣就對了。妳要克服恐懼，打垮以前妳一直贏不了的感情。

到最後——

「我再也！不會哭！我要變強！我要脫胎換骨！」

妳應該就能夠轉變為自己想要的模樣。

吉妮在強而有力的呼喊中，將「解字魔法」轟在對方身上。接著——

牛頭人終於失去了生命力，就像斷線的傀儡一樣倒到地上。

【打倒了牛頭人．普通！】

牛頭人全身冒煙的巨大身軀，發出頗有重量感的碰撞聲。

「呼……呼……結、結束……了……？」

她喘著大氣，肩膀與胸部上下起伏。過了一會兒，似乎是終於萌生勝利的實感，她鬆了一口氣似的表情放鬆，癱軟地坐倒。我走向這樣的吉妮。

「了不起。吉妮同學，妳打得非常漂亮。」

我由衷祝福她的勝利。

「……全都，多虧了亞德。」

「不會。我始終只是在妳背上推了一把。做出行動的是妳自己。因此吉妮同學，這一切毫無疑問，都是妳憑自己的力量抓住的。」

吉妮不發一語，看著自己的手掌。

相信這隻以往她一直認為無力的手，看在現在的她眼裡，已經不一樣了。

過了一會兒，她輕笑一聲……

「謝謝你，亞德。」

然後直視著我，眼神中已經沒有絲毫卑微的神色。

……過去我被奧莉維亞救了以後，是不是也曾用同樣的眼神看著她呢？

吉妮的眼神裡，有著無限的力量。那種光輝真的好美——

第十話　前「魔王」，總結這一天

吉妮的事迎來解決後，我們為了回到上面的樓層而開始移動。

我們穿過樓層主的廣廳，走在通道上。目的地是傳送室。由人管理的迷宮毫無例外，每隔一定樓層，都會有傳送室。只要進入傳送室發動特定的術式，就可以跳躍到任何一個樓層。

我祈禱這個迷宮裡也有傳送室，帶著兩人一路前進。

走到途中——

「……這是什麼？門？」

我們發現了一扇神祕的門。

這扇大得像是巨人用的門上，有著鑰匙孔。

【門上了鎖！】

【開門需要 Alumatite 鑰匙。】

……既然打不開，就不必管這個門。我們繼續趕路。

接下來的路途極為平穩，正常地抵達了我們要去的傳送室。我們回到一樓，回到了這堂課的講師與奧莉維亞身邊。其他學生們也已經聚集到了這兒，注視著我們。相信他們一定期待我們會帶回驚人的成果。

真是遺憾啊，各位。牛頭人的身體已經焚化了，我也沒剝取材料。

這次我真的要留下平凡的成績，以活潑的心情結束這堂課。

「你們三個都回來啦～那我馬上就來檢查素材～」

伊莉娜得意洋洋，把我們三人份的皮，拿給說話悠哉的講師看。

「這個合格～這個也合格～」

在迷宮內部可以得知取得的物品價值，但這終究只有在取得時會顯示。因此也可能有人謊報價值。

然而這個方法對半身人族行不通。他們的「專有技能」——鑑定眼光，能夠看出任何物品的價值。

而這半身人講師，並沒有要做出什麼異常反應的跡象。

贏了。這次我真的贏了。這樣一來，奧莉維亞對我的疑惑也多少會洗刷——

「～～～！這、這是什麼東西啊～～～！」

——咦？

「價、價值三百？這、這豈不是高等素材的等級了嗎～～！」

…………

……

糟、糟啦啊啊啊啊啊啊啊啊啊啊！

我忘了叫伊莉娜丟掉用特殊方法剝下的皮啊啊啊啊！

不、不對！慢著！還來得及！還來得及辯解——

「這、這到底是，怎麼回事啊～～！」

「哼哼～！這個啊，是亞德剝下來的！」

「這塊皮是亞德用特殊的方法剝下來的！」

喂～！為什麼講出來！為什麼講出來啦！

我們不是講好說不要告訴別人嗎！

「亞、亞德！請你收我為徒～～！我求求你！」

半身人講師做出漂亮的下跪磕頭動作。而在他身後……

「用特殊的方法剝皮，是吧。記得以前我的部下裡，好像有個男的就說過這回事啊。」

可以看見奧莉維亞露出滿臉燦爛的笑容，頻頻動著貓耳。

「哎呀，我愈來愈中意你啦。今晚要不要來我的住處坐坐啊？亞、德、同、學？」

咿咿咿咿咿咿咿咿！被升格到同學啦啊啊啊啊啊！

而、而且還邀我去她家啊啊啊啊啊啊啊啊！

這、這一定是那個啊！是表示「不遠的將來我一定要狠狠把你折磨到死」的意思啊！

「好好喔……我也好希望能讓奧莉維亞大人邀我……」

「為什麼一個平民這麼……！跟我換啦混帳……！」

那你替我去啊！我很樂意跟你換啊，誰要處在這種立場！

換了會後悔的一定是你啊！絕對是！

啊啊真是的！為什麼會弄成這樣！

……在迷宮的課上完後，負責在教室總結一整天課程的講師奧莉維亞講完話，今天的所有課程就結束了。聽說如果是在學習一般社會性教養的學校，接下來會有社團活動之類的時間，但魔法學園沒有這樣的內容。

只是女生們說，聽說本校有著暗中活動的可疑社團，但我並不特別感興趣，相信永遠也不會扯上關係。

所以呢，我回到了今後要作為住處的地方——學生宿舍。

宿舍位於校地內。大得無謂的遼闊校庭正中央聳立著校舍，兩旁並列著貴族用與平民用的宿舍。沒錯，住處會隨立場而不同，所以……

「為什麼我跟亞德不是同一個房間！真不敢相信！」

等穿過校舍，我一道別，伊莉娜就生起氣來。

我也是一樣的心情，但也無可奈何。規定必須遵守。

我按捺住想跟著伊莉娜過去的心情，和她道別。

在大得無謂的校庭裡走了許久，抵達平民用的學生宿舍。從外觀就感受得出建造者認為「平民有這樣的地方住就可以了吧」的心意。

但我沒有怨言。畢竟我曾經住在遠比這裡更惡劣的環境……而且最重要的是，房間是單人房。光是這一點，就已經幸福得過火了。要是得和別人同房，我前世隱姓埋名度過的學生時代所留下的精神創傷，一定又會甦醒。

話說在餐廳用完晚餐後，也沒什麼事情做，於是我躺在床上，閉上眼睛，回顧入學第一天的今天一整天。

……雖然發生了很多事，但要形容今天，用感動兩字就夠了。

有所感受，因而心動。不管是往正面還是負面看，都是如此。

關於負面，其實就是奧莉維亞。嗯，全都是奧莉維亞害的。

至於正面……最重要的還是大家好好對待我。

這真的讓我好開心。這間學校裡，有著我所期盼的人際關係。

照這樣下去，我想交到一百個朋友的夢想，可能也將不只是夢想，能夠順利達成。這第一天就讓我能夠懷抱這樣的希望。

可是呢——我的下一個念頭尚未著地，就聽見了敲門聲。然後……

「晚安！」

穿著薄紗襯衣的伊莉娜，跑進我房間。

「我跟宿舍長問過！說是平民不准進貴族用的宿舍，但貴族進平民用的宿舍就沒關係！所以我就跑來了！」

伊莉娜高舉雙手歡呼，露出笑瞇瞇的開心表情。

想必我臉上也有著同樣的表情吧。我能夠自覺到臉頰放得多鬆。

「歡迎之至。只是寒舍連茶水也沒能準備……」

「那種東西我不要！只要能和亞德在一起，在哪裡都沒關係！」

……這句話可比諸神的一擊更強烈啊。

然後我們面對面坐在床上，閒聊起來。

快樂的時間很快就過去了，室內的時鐘已經進到晚上十點。

「伊莉娜小姐，我想妳差不多該回去了。」

「……我們不能一起睡嗎？」

伊莉娜拉著我的袖子，由下往上窺看我的神色。破壞力超強。

「如果不和亞德一起，我一定會寂寞得睡不著……」

聽她這麼說，真的有人能夠拒絕嗎？我表示答應，熄掉燈光，然後和伊莉娜兩個人一起鑽進被窩。

「對不起，床很小。」

「沒問題。因為我喜歡貼在一起睡。」

伊莉娜靦覥地拿我的左臂當枕頭，她真是個天使。

由於這是單人床，我們必然會緊貼在一起，形成我把伊莉娜抱在懷裡側躺的構圖。結果這當然就會……

女體特有的柔嫩觸感與花香，帶給我刺激。

尤其是胸部。伊莉娜豐滿的乳房，被我的胸膛壓得變形，隨著她每次呼吸，形狀都會柔軟地改變。這種淫靡變形的柔嫩，與全身傳來的女體服貼感，讓我切身體認到她肉體面的成長。

一雙大大的乳房，有著剛擣好的麻糬似的彈性。氣息輕輕噴在脖子上。又白又嫩又豐滿的大腿，纏繞在我腳上。女孩子特有的，令人動情的香氣。

但是，我的心中沒有絲毫淫穢的情慾火苗。

伊莉娜是我的朋友，是懷斯交給我照顧的愛女。我絕對不能對她懷抱汙穢的慾望。

「唔喵唔喵……亞德～……最喜翻你了～……」

伊莉娜說著這種天真無邪的夢話，能夠對這樣的她懷抱的感情，就只有清純的友愛。我摸著她美麗的銀髮，臉頰跟著放鬆。

我一邊這麼做……一邊把先前自問自答時落地的念頭，拉回腦子裡。

照這樣下去，也許我能夠交到很多朋友。可是——

即使順利如願，可是一旦大家完全理解我，想必又會遠離我吧。沒錯，就像過去我的朋友們，劃清了身為部下的界線那樣。

大家都會變得把我當怪物看待。他們一個個都會像艾拉德一樣，用擔心受怕的眼神看著我。

想必就連伊莉娜也是一樣。

一想到這裡，放鬆的臉頰也緊繃起來。

我絕對不要被她畏懼。

我再也不想嚐到那種，重要的東西從手掌心滑落的心情。

所以我堅定地暗自發誓。誓言今後絕對不做出風頭的事——

……就在我發下這種誓言的幾天後——

放學後，我莫名地被校長找去，前往他所待的校長室。

室內正中央，可以看見坐在辦公桌前的校長葛德伯爵，以及——

把凶狠的美貌朝向我的奧莉維亞。

「亞德，你來得好！我聽他們說了很多你的活躍！哎呀，實在了不起！你果然是個會名留青史的人！」

別說了。不然侍立在你身旁的奧莉維亞，會愈來愈面帶笑容。

她的笑容會愈來愈燦爛。

「那，校長，請問今天找我有什麼事情呢？」

「唔，關於這件事。本校每年春天，都會舉辦一場讓學生參加的競技大會，你可聽說過這件事？」

「不，我第一次聽到。」

「唔，是嗎是嗎？不過這不成問題。」

葛德把玩鬍子，一字一句說著：

「然後，就是，我有一件事，要拜託你。」

「……請問是什麼事呢？」

我心中不好的預感不斷冒泡，這會是錯覺嗎？想必不是。

果然，校長說出的請求是：

「請你參加這一屆的競技大會，上演一場轟轟烈烈地奪冠大戲！」

…………哈哈哈！這老傢伙！

哈哈哈！哈哈哈！哈哈哈哈哈哈哈哈！

我 要 堅 決 拒 絕！

第十一話　前「魔王」，受到邀約

參加校方舉辦的競技大會？轟轟烈烈拿下冠軍？這我可敬謝不敏。

我不想再出風頭了，而且最重要的是……我不想更進一步刺激奧莉維亞。因此……

「校長，我的魔法是為了幫助遇到困難的人。因此，在競技大會這種表演節目上，對大眾炫耀自己的力量，有違我的美學。」

正當我要接著說出「所以我要拒絕」這句話時──

「你的想法非常了不起。可是……如果說你的魔法是為了幫助遇到困難的人，那就什麼問題也沒有。因為我就遇到了困難，頭痛之極。」

「……請問這話怎麼說？」

葛德把玩著鬍鬚回答：

「說來見笑，最近學校的畢業生與在籍生，很少人做出亮麗的成績。就我的觀點，我認為這表示天下就是這麼太平……但中央不這麼認為。」

……啊，原來啊。我可慢慢猜出是怎麼回事了。

「就如你所知，這間學園是國家機關。因此預算是由中央撥下。也就是說……」

「如果中央認為沒有必要撥出這麼多預算，就會毫不留情地刪減預算額度？……競技大會是為了讓中央方面增加預算才辦的，是嗎？」

「唔，不愧是亞德，你猜得很對。以王族為首的國家高層，都會大舉來觀看競技大會。只要能趁這個機會，讓他們知道有優秀的學生在學，中央方面就會為了培育這些學生，不得不分出一定的預算。」

「……也就是說，您打算拿我當賺錢的工具？」

「不是不是不是！我沒有起這種邪念！我終究是為了學校的將來與學生們好，期盼預算能夠增額！」

然後葛德低頭懇求我說：

「算我求你！亞德！還請你為了學校出一份力！」

如果我能夠立刻回答說絕對不要，真不知道會有多輕鬆。人年紀大了，自尊心就會變高。像葛德這樣有權威的人，就更是如此。而且我是平民，葛德是伯爵。他卻對我低頭懇求。我不想平白糟蹋他的心意。只是，我也不想出風頭。

「……校長，請你抬起頭來。這次的事情，可以給我一點時間考慮嗎？」

「嗯。離競技大會開辦，還有一些時間。你慢慢考慮吧。」

事情已經談成這樣，我也就離開校長室……但就在我即將走出門口之際──

「魔法是為了幫助遇到困難的人，是吧。以前我有個蠢弟弟，也說過差不多的話啊。」

奧莉維亞對我開了口。這某個蠢弟弟指的應該就是我吧。只是話說回來，這種想法很普遍，不構成我＝「魔王」的證據。

「我說大魔導士的兒子啊，可以聽我自言自語一會兒嗎？」

我還沒同意，奧莉維亞就說了下去。

「我對那個蠢弟弟，態度一直很囂張，幾乎從來不曾給過他什麼好臉色看。可是……在我內心，始終很尊敬他……也愛著他。我由衷認為，只要是為了他，我隨時可以不要這條命。」

……這種事，妳不用說我也知道。

我還不是一樣。我由衷認為，只要是為了奧莉維亞，我隨時可以不要這條命。

「就是因為這樣……就是因為這樣，我才非得再見到那個蠢弟弟一面不可。」

「……是為了對擅自轉生的叛徒『魔王』施加制裁，是嗎？」

「不是。不是這樣……是為了……對他道歉。」

這句話實在太出我意料，讓我忍不住發出「咦」的一聲。

奧莉維亞對此也不顯得在意，垂下黑色的貓耳，繼續說道：

「他是為了什麼才決心轉生？全都是我害的。是我讓他陷入了孤獨。相信原因就出在這裡吧。在他看來，大概會覺得被我背叛了吧……我也有我的想法。我要告訴他，然後對他道歉……我想恢復以前那樣的關係，想再像姊弟那樣相視而笑。我是這麼認為。」

這番話滿是意外性的結晶，讓我啞口無言……熱淚盈眶。

原來是這樣嗎。我滿腦子只以為她打算找出我，把憤怒發洩在我身上。然而，實際上似乎不是這樣……沒錯，奧莉維亞是個比誰都更體貼的老姊。她怎麼可能只為了制裁弟弟而活下去呢？

那個時候，她劃清身為部下的界線時，心中又有什麼感受呢？

回想起來，都是我單方面認為奧莉維亞背叛了我，根本沒聽她的想法啊……連我自己都覺得真的很幼稚。

「奧莉維亞大人……」

就說出來吧。說出我就是「魔王」，然後，再次像一家人一樣——

「沒錯，我要跟他和解，然後……報那……蒸番薯之仇……！」

「咦！……咦？請、請問，那是怎麼……？」

「哪有什麼好說的。那個混帳東西，轉生前先把我留著要慢慢享用的番薯給吃了，然後才逃命似的轉生……！」

……糟了。的確是這樣。我完全忘了。我在最後一刻，為了故意氣她，把她的番薯拿來吃了。當時我做出這樣的行動，是因為我認為我們再也不會見面……真沒想到事情會弄成這樣……！

「當時那懊惱與恨意，我到現在都忘不了！所以，我一定會把他找出來，讓他付出代價！我就是為了這個目的，才會活過這幾千年！」

這是哪門子的人生啦！而且，妳這什麼臉啦？已經不是面如厲鬼，根本完全就是厲鬼了……我真的很慶幸沒有表明自己就是「魔王」。

而今後我多半也不會表明吧。雖說是自己灑下的種子，但可怕的事情還是可怕。會發臭的事情，還是蓋上蓋子……可是——

「大魔導士的兒子。我要透過這次的事情，好好看清楚你到底是何方神聖。」

她的話裡有著強烈的疑念，想必狀況已經幾乎達到確信的地步。

不只是針對這次的競技大會，對於這份嫌疑，我也非得盡快擬定對策不可。

我冒著大量的冷汗，離開了校長室。

離開房間後，立刻看到伊莉娜來接我。

看到她的天使面孔，讓我的壓力微微得到舒緩。

我和伊莉娜一起走在回宿舍的路上，針對辭退競技大會的方法，動起了腦筋。

葛德想叫我出場的理由，是「想增加國家撥給學園的預算」。

所以只要達成這個目的，我就不必參加競技大會了。

有權決定增加預算的，是女王以下的國家高層。

這個國家施行的是接近絕對王政的政治體制，所以只要能夠和女王直接交涉……

不，即使能夠直接見到，我也沒有交涉籌碼。因此無論事態怎麼發展，都無法讓女王答應增加預算。首先必須得到交涉籌碼，然後獲得交涉權。

問題就是要如何得到這兩樣，然而……

我一邊苦思，一邊和伊莉娜穿過校舍。就在這時——

「亞德！」

突然有個耳熟的嗓音從旁喊我。轉頭看去，叫我的人露出滿面活潑的笑容看著我。

是吉妮。她搖動留到肩膀的桃色頭髮與大膽露出的豐滿胸部，小跑步跑向我們。然後，用由下往上窺看我的神色說：

「明天是假日，你有沒有什麼打算？」

「沒有，沒什麼打算。」

「既然這樣……請你跟我約會！」

……啥？約會？所謂約會是那種約會嗎？男女朋友之間的那種？

但我們不是這種關係……啊，該不會是因為上次那件事？因為上次那件事，讓吉妮對我

——不對，慢著，不要急著下結論。我在前世明明也受過慘痛的教訓。

沒錯，這是所謂的吊胃口。女人這種生物就是會做這種事。

……那是我隱姓埋名，進入學園當學生時的事情。

當時大家用教室角落的那隻、中分頭笨蛋，或是薄冰禿之類的綽號叫我，我孤立無援。在這樣的情勢下，卻有唯一一個女生關心我。

她落落大方，外表也美，簡直是校園女神。

當然她並不是只對我好……

但我隱隱約約覺得她只有跟我，會有一種不一樣的氣氛。

對男女之情一知半解的我，察覺不出她是在吊我胃口，對她愈陷愈深的結果……就是按部就班走完各個階段，然後對她表白。她的回答是這樣的。

「我也很喜歡你喔…………差不多排在哥布林下一名。」

真不愧是校園女神，真的很懂得關懷別人。連甩掉對象時，也不會說出「討厭」這個字眼，卻又表達出了決定性的拒絕。

哎呀呀，竟然比哥布林還慘，真是令人佩服。其實她根本討厭我吧。

從那次表白以來，對每個人都很體貼的她，變成了只對我不體貼的她。

「亞、亞德同學？你、你為什麼在哭？」

「是有東西跑進眼睛。一種叫做回憶的東西。」

吉妮的表情變得有點退縮，但似乎立刻又振作起來。

「那、那麼！關於剛才說的事情！」

看到吉妮用期待的眼神看著我，我內心大感頭痛。

我不懂她在想什麼，也不知道該怎麼應付。

……拒絕，應該不行吧？想必會讓她難過……既然這樣，就只有一個答案了吧。

「我明白了。明天我會陪妳。」

「咦～～！是真的嗎？太棒啦！」

吉妮開心地蹦蹦跳跳。亮麗的桃色頭髮與雄偉的胸部，以一定的節奏搖動。就在這個時候——

「等、等一下啊啊啊啊啊啊啊啊！」

發出叫聲的是伊莉娜。

她顯得連自己都不知道為什麼叫出來。她惹人憐愛的美貌因不知所措而扭曲，但仍用力瞪著吉妮說：

「我、我也要！跟去！」

伊莉娜將一頭白銀長髮搖得像是狗搖尾巴，簡直就是在威嚇。對此吉妮則不改陽光的笑容，開口回答：

「好的！完全沒有問題！」

她答應得實在太乾脆，多半讓伊莉娜覺得意外。

伊莉娜狐疑地歪頭納悶，對吉妮問起：

「真、真的可以嗎？」

「那當然。因為我並不是想獨占亞德，反而覺得亞德是個該創立後宮的人！首先就由我和伊莉娜小姐來當後宮嬪妃一號跟二號，讓後宮愈來愈熱鬧吧！」

不，後宮咧……這不是我的作風啊。

而且，我討厭後宮這個字眼。

畢竟我在前世，就有人自己幫我建立了後宮（限定臭男人），結果……

嗯，還是別再想了。沒有必要挖出已經封印的過去。

……我正想著這樣的念頭，伊莉娜就可愛地歪頭納悶……

「欸，亞德，後宮是什麼？」

她朝我問出這樣的問題。

……我們家伊莉娜是清純的美少女，因此完全沒有這方面的知識，也完全沒有必要教她。

我希望伊莉娜維持現在這樣的純真，成長茁壯——

「所謂的後宮啊……」

結果吉妮踐踏了我的心意。

她悄悄靠近伊莉娜，在她耳邊說個不停。

大概是內容太激進，讓伊莉娜雪白的肌膚變得像蘋果一樣紅。

「這、這這這這這……！不、不行！不行不行！絕對不行！我絕對不准他開什麼後宮！」

「……咦～？為什麼～？」

「因為噁心！亞德被很多女生圍住這種事情，我光想像都覺得噁心！」

「……覺得噁心？不是帥氣？」

「竟然說被很多女生包圍會帥氣，根本莫名其妙！而且啊！亞德是我一個人的朋友！竟然要有很多女生跟著他……我光想到都覺得不爽！所以我絕對不會讓他開後宮！」

伊莉娜氣得鼓起臉頰，模樣十分可愛，十足是個天使。

相對的，吉妮仍不改臉上陽光的笑容，這樣回答：

「是這樣嗎～也是啦，每個人都有自己的想法嘛～」

……是我的眼睛看到錯覺嗎？

笑瞇瞇的吉妮背後，似乎有著黑色的氣在翻騰……

「那麼！約會行程已經訂了！亞德只要想著怎麼玩得開心就好！」

她露出惹人憐愛的笑容，優雅地行了個禮，然後挺起胸膛走遠。

「該怎麼排除伊莉娜小姐才好呢？」

……總覺得好像聽見很黑心的話，但想必是我聽錯了吧。

翌日早晨，我走出平民用的宿舍後，直線走向校門。不只伊莉娜，吉妮也是住宿生，所以碰頭地點必然會指定在校門。

「啊。亞德！早——」

「早安！亞德！」

吉妮不但打斷伊莉娜的招呼，還上前遮住她。

「唔唔唔唔唔……！」

這下伊莉娜也生氣了，她鼓起臉頰，可愛地表達自己的生氣。

但吉妮不理她，跑到我身前說：

「怎麼樣啊，亞德！這是我為了今天而買的新衣服……好看嗎？」

「好、好看。妳穿起來非常好看。」

這是我的真心話。她現在穿的這套衣服以白色為基調，該怎麼說，給人一種清純的印象。但胸前還是微微敞開，強調出她傲人的乳溝……

或許是出於魅魔族的特性吧，讓我感受到強烈的情色氣氛。

「奇怪了？你在看哪裡呢？」

「咦？啊，沒有，這個……」

「嘻嘻嘻，亞德你啊，是看我看得出神了對吧～」

她伸手掩嘴，嘻嘻笑了幾聲。這樣的她實實在在就是個小惡魔。

然後吉妮朝伊莉娜瞥了一眼。伊莉娜穿的是學校制服。由於這次的約會約得倉促，她多半沒有時間準備時髦的衣服吧。

「……看這情形，算是開幕戰由我獲勝吧。」

聽到她喃喃說出的這句話，爭強好勝的伊莉娜怒目喊著：

「啥！妳說妳哪裡贏過我了？」

「哎呀？我說了什麼嗎？不記得了呢～」

吉妮一臉裝傻樣，伊莉娜噘起嘴唇發出低吼。

……好奇怪啊。所謂的約會，好像應該是更令人心情雀躍的活動吧？

現在的我，只覺得胃痛耶。

「好了，那我們走吧，亞德！」

「妳、妳勾什麼手臂啦！太會裝熟了吧！」

我在兩名擦出火花的少女包夾下，迎來了第一次的約會體驗。

第十二話　前「魔王」，體驗第一次約會

吉妮牌的約會行程，序幕是王都導覽。

也就是考慮到我對這個都市的地理不熟悉，帶我去幾處名勝逛逛。

她導覽的內容比想像中更正經，但過程中，旁人的視線一直刺在我們身上。這也難怪。看在旁人眼裡，就是一個軟弱男，帶著兩名花枝招展的美少女走在路上。

可是，對於男人們羨慕的視線，我卻沒有任何優越感。原因很簡單。

「說到王都，當然就會想到宮殿吧！圖書館根本就不重要！」

「喔呵呵呵，伊莉娜小姐真是不懂亞德的嗜好，真虧妳這樣還想獨占亞德呢～？伊莉娜小姐，妳聽好了，亞德跟妳不一樣，是知識分子。這樣的人去看王宮這種東西，又怎麼會感動呢～？會在發現新知識的那一瞬間有所感動，這才是亞德。對吧，亞德？」

「咦？不，呃，這個。」

「你想看宮殿吧？很想看那亮晶晶又大又壯觀的宮殿吧！」

「這、這個，那個。」

從剛剛就一直是這樣。我只能一再胃痛。

……過了一陣子，導覽王都的行程告一段落後，我們走向了劇場。

接下來是約會行程的第二幕，也就是約會一定要有的戲劇觀賞。

我們進場後等了一會兒，第一齣戲就開始了。

……不管什麼樣的時代、什麼樣的國家，都會有最受歡迎的經典戲碼。

拉維爾魔導帝國的經典戲碼似乎有兩種。一種和別國一樣，是「魔王」的英雄譚。另一種則是……根據開國元老到創立國家為止的傳說來改寫的故事。

這個國家的前身，似乎是另一個帝國，而這個帝國被一個綽號狂龍王的怪物——一隻叫做艾爾札德的白龍給滅了。

而且艾爾札德還企圖毀滅世界，但被一名青年擊退，世界找回了太平。這名青年就是這個國家的第一代皇帝。

這一連串的過程，就被簡化為戲碼上演，只是……有關狂龍王艾爾札德的虐殺場面，演出講究到了無謂的地步，坦白說還真有點嚇人。

坐在我身旁的伊莉娜似乎也有同感，看得直冒冷汗。

「哎呀，伊莉娜小姐，妳流了好多冷汗呢。妳這麼害怕嗎？」

「妳、妳妳妳、妳說什麼鬼話！一一一、一點都不可怕！狂、狂龍王這種貨色，我、我

我怎麼可能會怕！」

我正暗自覺得怕得不得了的伊莉娜可愛，第二齣經典戲碼就上演了。

這是……以「魔王」為中心的英雄譚。

「我乃全能之王，瓦爾瓦德斯！你們這些『邪神』，覺悟吧！你們的暴政，就要在今日此時，迎來末日！」

「邪神」……在古代世界稱為「外界神」當中的一尊——美基沙·德·索爾。這戲碼就是重現討伐這尊邪神時發生的事情。

沒錯，跟他們戰鬥，就占了我前世的半輩子。

他們創造出一種叫做「魔族」的人種，支配人類，把人類當成奴隸。所以要把人類從這些「外界神」的暴政中解放出來，創造出由人類親手編織出歷史的世界。

我生為貧民之子，不知不覺間高舉這樣的理想，和奧莉維亞一起組織了反抗軍，對世界宣戰。歷經種種迂回曲折，我們成功地將幾乎所有的「邪神」都加以封印，又或者是送回到他們原本所在的異世界。

而這絕非我一個人的功勞。

我有著一群無可替代的伙伴，和我一起並肩作戰，也有人戰死沙場。

要是沒有他們，就不可能成功殲滅「邪神」。

……他們都是些好相處的傢伙，我完全無意在他們當中去分優劣。

但只有「她」，對我來說仍然永遠是特例。

「你太專斷獨行了！請不要讓我這樣提心吊膽！」

舞台上，飾演她的女演員大聲呼喊。

「……莉迪亞。」

和我一樣，為了排除「外界神」、創造人類世界而動的女人。我和她的目的相同，但由於大方向有著小小的差異，曾經有過多次衝突。

她和她所率領的人們，當時被指責為叛軍……

但在當今的社會，則和童話中有代表性的英雄一樣，被賦予了「勇者」的稱號。

「我承認你是壓倒性強大的存在！但還是請你多少依靠我！」

「嗯，抱歉，我會改進。」

看著飾演莉迪亞的女演員，和飾演過去的我的男演員之間的對話，就讓我無法不想起過去，忍不住發抖。

沒錯……人格的改寫實在太讓我看不下去，讓我忍不住氣得發抖。

為什麼偏偏會是那個腦袋長肌肉的傢伙，站在勸諫我的位子上？

當然在這種戲劇裡，是不太可能照史實上的人格來寫劇本啦。但就算是這樣，這也太過

分了吧。

和實際上的定位正好相反。

那個蠢蛋之王，永遠都能比我想像中更蠢……

「喂、喂！慢著！別這樣！要是現在衝過去，我們準備好的計謀就會──」

「少囉唆！小子們，我們上啊啊啊啊啊啊啊啊啊啊啊啊啊！」

她每次每次都讓我的計謀白忙一場，而且……

「妳這笨蛋，行動前多少想一想！我實在是覺得不可思議，妳這笨蛋竟然到現在都還活得好端端的！妳這混帳蠢材，再也別做蠢事啦！」

「啥啊啊啊啊啊啊啊啊啊！你這混蛋說誰是笨蛋！有膽子你再說一遍看看啊！」

我勸她不要動輒失控，結果她就猛力用拳頭揍我。

……會和這樣的蠢蛋變成好朋友，是我上一段人生裡最大的奧祕。

只是話說回來……

要說人格遭到改寫，四天王的人性也全都被改寫到了令我不由得冷笑的地步。

實在有點美化得過了頭。

他們絕對不是像這些演員所演的那種聖人君子，也不是那麼好應付的部下。

四天王最強的男人阿爾瓦特，是個變態戰鬥狂。

自稱天才學者的維達，是個變態瘋狂科學家。
乍看之下正經的萊薩，其實是個變態戀童癖。
而我乾姊姊奧莉維亞，是個戀弟情結的大變態。
「喔喔，主上，今天微臣也向您請安。」
阿爾瓦特不會說這種話。正確說法是：
「喔喔，主上，今天您也先去死一死再說吧。」
這樣才對。
「吾王！在下發明了新的魔法！」
維達不會說這種話。正確說法是：
「小瓦～！我這個天才發明了超級厲害的東西，你來讓我實驗～！不用擔心！只會弄得有點發瘋！」
這樣才對。
「陛下，我們和七文君一起修改的新法條，要請您過目。」
萊薩不會說這種話。正確說法是：
「陛下，七文君對幼女優待法案找碴，我想請您准許殲滅他們。」
這樣才對。

「請放心把背後交給我。因為你有我在。」

至於奧莉維亞，除了語氣之外，倒是沒有太大的分別。只是……

我把背後交給她的結果，就是她偷偷拔走我的頭髮，還整理成收藏……

她外表是個絕世美女，內心卻真的是個很糟糕的變態。

但伊莉娜和吉妮也不知道真相，所以和其他客人一樣，似乎看戲看得很開心。尤其看到玫瑰騎士里維格的情節，更是感動得相擁大哭。

他中了卑鄙的神教派設下的圈套，為了救出被擄為人質的女子，對宣誓效忠的「魔王」舉起叛旗，走上悲劇的末路。

故事劇情是這樣……但這件事流傳到今天，真相同樣遭到了扭曲。

不過，只有這件事無可奈何。畢竟是我自己故意造成的。

由於玫瑰騎士引發的叛亂，非常令人遺憾……我為了他的名譽著想，嚴令禁止真相流傳到後世。

里維格反叛，是什麼時候的事情了呢？

大概是那個時候吧。

當時的他，是我的親信之一，更是個足以擔任親衛隊隊長的強者。

而他對政事也有所長，是個極為優秀的人才，只是……

有一天，當里維格有事和奧莉維亞見面，他卻莫名地用犀利的視線看向我。我就是在這個時候，看出了他的心意——也就是看出里維格喜歡上了奧莉維亞。

站在我的立場，對此是歡迎之至。畢竟我本來就已經覺得奧莉維亞也差不多該成家了，而且想到如果是這麼出色的對象，奧莉維亞大概也就可以漸漸脫離我這個弟弟。

但看來里維格似乎懷疑我和奧莉維亞是那種關係。我為了先解開他的這個誤會，找一天安排和他單獨見面。

「請、請問陛下有何吩咐？」

「嗯，我是想解開你的誤會。我和奧莉維亞不是你想像的那種關係，而且也不會變成那種關係。」

「原、原來是這樣嗎？」

他顯得由衷鬆了一口氣。多半是非常喜歡奧莉維亞吧。

「嗯，然後啊……里維格，我已經看出了你的心意。」

「咦咦！」

他震驚不已地瞪大眼睛，額頭冒出冷汗。

「此、此話當真……？陛、陛下知道我的心意……？」

「正是。而且里維格啊，我打算成全你的心意。」

「嘿呼啊！」

那是我從沒聽過的叫聲。原來這個隨時冷靜沉著的人，一談起戀愛，就會變成這樣啊？

我內心覺得愉悅，繼續說道：

「既然是交給你，我就可以放心啊。你文武雙全，人格方面也沒有任何問題，沒得挑剔。我敢斷定，即使在我所有部下當中，你仍是非常出色的人才。因此里維格啊，我打算把一切都託付給你。」

「陛、陛下……！微臣侍奉陛下苦節一百餘年，全都不枉了……！」

他太過感動，嗚咽起來。這傢伙也太急了。我們都還沒得到奧莉維亞的同意呢。就在我正要指出這點而開口的時候……

「微臣萬萬沒有想到，陛下願意將您『自身的屁股』交給微臣……！」

「…………咦！」

直到現在，我都還能輕易地回想起那一天的心情。

真的是覺得「這小子在講什麼鬼話」。

「等、等一下，我說要託付給你的，是奧莉維亞啊。」

「……咦？不、不是，可是，陛下不是猜到了微臣的心意嗎？」

「你不就是喜歡奧莉維亞嗎？」

拜託千萬要是這樣啊……但我的這種心情，在下一瞬間就遭到粉碎。

「不、不是的！到、到了這個時候，就說個明白吧……微、微臣喜歡的，是陛下和陛下的屁股！」

我已經不知道該說什麼才好了。

我大風大浪見得多了，但這還是我第一次整個腦袋一片空白。

所以，我說出來的話，完全是無意識的。

「免談，絕對免談。」

而聽到這句話的結果……就是里維格揭竿反叛。

該怎麼說，真的是遺憾到了極點。

但人這種生物真的是令人難以捉摸。真沒想到里維格竟然性好男色。

的確，他對美形男子就會格外體貼，有時候看到強悍戰士的屁股還會舔起嘴唇，但我實在沒料到他竟然喜歡這個調調。

「嗚嗚～～里維格爵士，好可憐……」

「竟然和心愛的人一起死……太令人悲傷了……」

她們兩人也和其他觀眾一樣，嚎啕大哭……

我也被那件事弄得很想哭了啊。各種想哭。

欣賞完戲劇後，我們剛走出來，吉妮就用自己的手臂勾住我的手臂。

「今天上演的戲都好好看喔！」

坦白說，我很想搖頭。但還是察言觀色，先點頭再說。

結果吉妮紅著臉說：

「可是，如果是自己一個人來看，我想大概不會這麼開心。是因為跟亞德一起，才會比平常更開心吧？……開玩笑的。」

她靦腆地微微一笑，吐了吐舌頭。這種模樣非常可愛……

不知不覺間，我臉頰都發熱了。

她的態度，真的只是故意吊我胃口嗎？

我無論如何都會產生疑問，心想她會不會真的對我有意思。

可是，即使真是如此……我還是完全搞不懂，到底怎麼做才是正確答案。畢竟過去的我，在感情路上都是追人的那一方，不曾被追過……不對，慢著。只有唯一一個例外啊，曾經有個女的主動來追我。

她是個對我說「你的英姿讓我一見鍾情」而投降的女武將，可是……她真的喜歡我嗎？

畢竟她的情書，寫的總是這樣的內容。

『親愛的魔王陛下。陛下文治武功，日益興隆。

可是我比較強。

時值季節寒冷，不知陛下可否安好。

我還是一樣強。

今年狩獵大會時日已近。去年陛下榮獲第一，英姿猶如昨日，歷歷在目。

今年想必也將由陛下勇奪第一，**但是我比較強**。

去年優勝的陛下勇壯剛強，英姿痴迷全場。但還請陛下莫要忘記，對您的英姿最是動心雀躍之人，乃是小女子芙雷亞。

也請陛下莫忘——

只要我拿出真本事，我強得多了。

還請陛下今年也和**超強**的我一較高下。愛您的**世界最強女芙雷亞**。

謹此（**我超強**）。』

……我軍是人才的寶山，同時也是怪人、變態的寶山。

「接下來我們去吃個飯吧！你肚子也餓了吧？」

我點點頭，吉妮就說：「我知道哪裡有不錯的店！我為了今天先去查過！」

她微笑著，拉我的手臂。

這樣一來，被她勾住的手臂，就會緊緊貼到她雄偉的胸部……

一種令人舒適的柔軟傳了過來。

……這個感覺，難道，她沒穿內衣？

「哎呀哎呀？怎麼啦？看你滿臉通紅？」

吉妮嘻嘻直笑。她的模樣實實在在就是個小惡魔……傷腦筋啊。我還是第一次和這樣的女生相處，不知道該怎麼辦才好。

而看到我的這種態度，伊莉娜似乎有所誤會。

「來！我們趕快走！」

伊莉娜不高興地說話同時，抓住我的手強行拉著我走。

該怎麼說，就像個被妹妹搶走哥哥的長女啊。她的這種模樣好令人莞爾、好惹人憐愛。

伊莉娜果然好可愛——

「……嘖，伊莉娜小姐果然很礙事呢。」

我聽見身旁有人說出很黑心的話，不過應該是聽錯了吧。

「我們接下來要去的店，咖哩可是一絕喔！喔呵呵呵呵。」

嗯，一定是聽錯了。看起來這麼清純的女生，怎麼可能會黑心呢？

我們一邊談笑，一邊走在大道正中央……就在途中——

「這女的真是耐命……」

「被吹捧成聖女神的使者，還真不是蓋的。」

「不過女王終究也是人，我看也差不多是時候了吧。」

我聽見巷子裡傳來莫名令人在意的談話。說話的人全身都被黑色長袍遮住，顯然形跡可疑。伊莉娜她們似乎也和我有了一樣的觀感。

「他們幾個，不太對勁吧？」

「說什麼女王很耐命……簡直像是想暗殺女王陛下……」

我也和她們兩人一樣，以狐疑的目光看著這群人。

「只要那個法陣完成，女王再厲害也不會沒事……差不多該走啦。」

這群可疑的人，在狀似帶頭男子的引領下，開始走遠。

「要怎麼做呢？我打算去追蹤他們。」

根據情況不同，這火種難保不會變大，總不能置之不理。

而且若又算上附加價值……即使從利害關係去盤算，我也不能放過這個狀況。

如果他們是企圖暗殺女王的反社會勢力，那麼只要能夠對他們的活動防範於未然，很可能就可以得到足以和女王交涉的籌碼。如此一來……

說不定就可以和女王直接交涉，請她增加撥給學園的預算。

我的煩惱種子——參加競技大會這件事，也就有可能得以辭退。

「我也跟亞德去。竟然說要危害女王，不能原諒。」

「同上。我已經不是從前的我，我想，現在的我應該幫得上忙。」

伊莉娜與吉妮，兩人同時強而有力地點了點頭。

於是——我們動身去追蹤這群可疑分子。

第十三話　前「魔王」，展開追蹤

我們若即若離地跟著走在巷道裡的這群人，不讓他們發現我們在跟蹤。

他們默默地走在迷宮般的巷道裡，然後，消失到了人孔中。

「往下水道啊。要躲起來圖謀什麼事情，的確是最適合的地方啊。」

事情愈來愈可疑了。

我們對看一眼，點了點頭，鑽進人孔。下水道內部的牆上，以等間隔裝設有油燈型魔導具，讓我們每一個角落都看得清楚。

我們在這樣的空間中，慢慢地、靜靜地行進，最後——

披著黑色斗篷的這群人在眼前停下腳步。他們面前的牆上，畫有大型的特殊魔法陣……

掌握清楚其中術式內容的瞬間，我就猜到了他們的圖謀。

「啊啊，原來如此。是這麼回事啊。看樣子我們……」

話說到一半，背後就傳來尖銳的警告聲，打斷了我說話。

「不要動，不然我就殺了你們。」

伊莉娜與吉妮全身一震。我暗自心想果然如我所料，轉過身去。下水道的通道內，站著數十名男女。他們並未穿著黑斗蓬，但從全身散發的氣息來看，他們和那群穿黑斗蓬的人多半是同夥。

「哈哈，傻乎乎地上鉤啦。」

站在特殊魔法陣前的那群人當中，狀似帶頭者的男子，在粗獷的臉上露出笑容。

「我再警告你們一次，可別耍花樣啊。你們的生殺大權，完全掌握在我們手裡。一旦建構這個特殊魔法陣的攻擊用術式發動，你們就會在地獄般的痛苦中被送去陰曹地府啊。」

這句恐嚇讓伊莉娜與吉妮臉色蒼白，不發一語。

兩人都全身直冒冷汗，眼神中透出恐懼，全身發抖。

相對地，我則因為覺得敵方露骨的說法老套，忍不住輕聲一笑。

「這種狀況下還笑？你可真有膽子啊。你不覺得自己有可能被殺嗎？」

對於這幾句施放出殺氣的話，我神態自若地回答：

「是啊，一點都不覺得。根據有兩個。首先第一個，我認為你們不打算解決我們。如果你們有這個意思，根本不必像這樣包圍我們來問話，直接突襲還是怎樣都行。」

我正視狀似領導者的男子說下去：

「追根究底來說，光看你們用那麼露骨的話來引我們上鉤，還周到地事先建構了攻擊用的特殊魔法陣，就足以猜出你們是打算活捉我們當中的某人或是所有人。這就是第一個根據。第二個是——」

就在我正要說出下一個根據之際——

畫在牆上的特殊魔法陣發出強烈光芒——剎那間，我全身籠罩在火焰之中。

灼熱由內而外顯現，彷彿往外透出皮膚。恨不得把全身燒個精光似的洶湧翻騰。

「亞、亞德！」

「亞德！」

兩人近乎尖叫的喊聲，迴盪在昏暗的下水道當中。

尖叫聲中，摻雜了男子猥瑣的笑聲：

「哈哈！你說對了一半！我們的確沒打算殺了你們。可是啊，除了『目標』以外，都沒有必要留活口卻也是事實。因此，宰了看不順眼的小鬼也沒有任何問題！」

原來如此，我先前的態度，對於占了壓倒性上風的他而言，多半很不痛快吧。處在這種狀況下卻不動聲色，看在他眼裡肯定是一種挑釁。

看來其他人也和他有著同樣的感情，不只一人跟著一起發出笑聲。然而……過了幾秒鐘後，這些笑容都一起消失了。

他們轉而散發出來的，是一種畏懼的神色。

「……為什麼還站著？應該已經燒死了才對。」

這群人當中的一個喃喃說出疑問，而我悠哉地回答說：

「站著是當然的吧？因為我還活著。」

我話一出口，立刻一片譁然。

「這——！竟、竟然出聲說話了？」

「不、不可能！要知道這可是從內側燒灼臟腑啊！」

我對他們輕聲一笑，說道：

「剛才我來不及說出不怕你們的第二個理由，現在我要說了。這道理非常簡單。說穿了——你們所準備的計謀，對我來說不構成任何威脅。就算幾十隻螞蟻團結起來，獅子也不會害怕。同樣的，我也沒有理由害怕你們。」

我先如此斷言，然後用防禦魔法，揮開了裹在身上的煩人火焰。

當然燒燬的衣服，則用物質轉換的魔法重新建構。

「唔，看來內側還留著火焰啊。」

我一說話，就有濃煙從嘴裡跑出來，很不舒服。

看來除非毀掉魔法陣，不然這火焰就會永續燃燒目標。

這樣很煩人，於是我朝牆上所畫的特殊魔法陣一指。緊接著，指尖顯現出幾何學紋路，從中釋放出一道電光。

電光精準地爆裂在特殊魔法陣上。魔法陣的一部就此缺損，讓燒灼臟腑的火焰也跟著消失。

「太、太離譜了……！到、到底……是什麼情形……？」

「道理很簡單。既然身體會持續被燒灼，那麼只要持續治療就好。就這麼簡單。」

在我看來，這事實毫無精彩可言，但對他們來說，似乎是異常到了極點的狀況。

「你是說你以無詠唱的方式，持續施展和那種魔法所賦予的燃燒同等的治療？」

「不、不可能！即、即使做得到，身體一樣會被燒灼！這麼長時間被火焰從體內燒著，應該會痛苦得發瘋！」

我完全不懂這有什麼好驚訝的。

因為這點痛就發狂？看來這個時代的人實在是變得軟弱多了。

若是古代世界的戰士，根本不可能因為內臟被燒這點痛楚就說出喪氣話……不過這就先不提了。

「不、不要慌！對方只有三個人！我們有幾十個人！我們還是占優勢！」

以這個時代的水準來說，帶頭者的發言是對的。畢竟這個時代的「魔導士」一次只能施展一種魔法，以一敵多的情形下，確實會因為火力不夠而落敗。若是實力差距極大，當然又

是另一回事，但即使如此，據說頂尖的「魔導士」還是會敗給二十名凡人。

然而，這終究只是這個時代的情形。

「好了，我沒空再理會你們這些蝦兵蟹將了。因為我差不多想去吃飯了。所以呢——」

我彈響手指，緊接著，包圍我們的這群人頭上，顯現出大量的魔法陣，射出了電光。這些人的頭部被電光命中，接連倒到地上。

人數的優勢，對我（魔王）怎麼可能管用。

我先輕舒一口氣，然後視線在倒地的這些人身上掃過一圈，最後……

我看向唯一一個還用雙腳站立，瞪著我的帶頭人物。

「我特意留下了你。畢竟如果一直搞不清楚你們盯上我們的理由，就會妨礙安眠。只要你願意乖乖招出來，可以不必動粗。」

「嗚……！你這個怪物！」

完全是敗犬的吠叫。

看來他是不打算乖乖招出來了。好麻煩啊。

可是，只要施展洗腦魔法，很快就能解決。

「那麼，就請你老老實實招出來吧。」

我在微笑中，慢慢走向他。結果——

「嗚……！我不會讓你稱心如意！」

他似乎還想抗拒。只見他擺好姿勢，做出全身用力的動作。

結果——

他付諸實行的困獸之鬥，對我而言是意外到了極點。

「唔唔唔唔唔……！咕，喔，嘎啊啊啊啊啊啊啊啊啊啊啊啊！」

一聲嘶吼中，黑色的氣息籠罩住他全身。

他的肉體開始變化。

第十四話 前「魔王」，與「魔族」對峙

在喀啦、咕嚕之類的聲響中，他變得判若兩人。

先前還罵我是怪物，但現在他自己才是人形的怪物。

頭部長出兩根角，背上有著一雙翅膀。全身長著黃金色的毛，模樣和牛頭人倒也有幾分相似。

「啊、啊哇哇哇！」

「魔、『魔族』！」

吉妮與伊莉娜同時發出尖叫。

沒錯，看來他是「魔族」。雖然不知道周圍倒在地上的這些人同樣是「魔族」，又或者只是他用洗腦魔法控制的人類，但不管怎麼說──

「既然你要打，我就奉陪。儘管放馬過來。」

我該做的事情沒有兩樣。要打我也很願意打……然而──

「『閃電爆發術』！」

他的嘶吼中蘊含了強烈的恐懼，而他施放的雷電也彷彿要證明這一點，不是射向我，而是打穿了天花板。巨大的雷電洪流，打出一個從下水道貫穿到地上的大洞後，敵人就拍動翅膀，飛向洞口。

「逃、逃走了……？」

「看、看來，是這樣呢。」

兩人露出鬆了一口氣的表情，我則對她們說：

「兩位，我去追他。至於倒在地上這幾位，就先放著不管吧。我想他們多半不知道任何有用的情報。」

「「咦？」」

不知道為什麼，她們都做出「你在說什麼？」的表情。

「不，可是，他會飛耶！」

「等我們從人孔去到地上，他已經跑得不見蹤影了喔……？」

「為什麼得從人孔上去？既然對方用飛的，我也這麼做就好了。」

「「咦？」」

我在瞪大了眼睛的兩人面前，施展飛行用魔法「天行者（Sky Walker）」。

讓全身飄上空中。

「不、不是說人類沒辦法飛天嗎……？」

「是嗎？那麼請妳們記得我會飛。」

我對瞠目結舌的伊莉娜她們這麼說完，再說聲「那我去去就回來」，說完飛了起來。

我在「魔族」打出的垂直孔道當中往上飛，就在上方發現了目標。他飛在離地面已近在咫尺的地方。為了箝制他的行動，我施放了低階攻擊魔法「熱焰術」。一道極粗的火焰，朝敵人直線挺進。

「唔喔喔喔喔喔喔喔喔喔喔喔喔！」

火焰吞沒了「魔族」全身。但看來他意外地耐命，我本來是想讓他起火而墜落，但沒能如願……讓他出了地面。

「唔，喔喔喔喔喔喔喔喔喔喔喔喔！」

他一飛出孔道，隨即一把抓住附近一名少女的頸子，當成盾牌似的架著她對向我。或許是全身被火燒的劇痛讓他一句話都說不出來，但我看懂了他這意圖。

但問題不是在於他抓住了人質。他跑出來的地方是大街，這才是最大的問題。大街上車水馬龍，這些人的視線，全都集中在突然從地底出現的入侵者身上。

現在敵人全身燒傷，處於滿身瘡痍的狀態。然而看在民眾眼裡，即使身受重傷，「魔族」仍是「魔族」。因此——

「喂、喂，那個，該不會是……！」

恐懼在民眾當中傳播開來。

「嗚哇啊啊啊啊啊啊啊啊！」

「快、快逃！『魔族』出現啦啊啊啊啊啊啊啊啊！」

於是發生了極大的動亂。

不妙。照這樣下去，恐慌會擴散到很大的範圍，難保不會演變成暴動。

……我本來絕對不想做這種事，但沒有辦法了嗎？

我深深吸氣——然後朝嚷嚷著逃竄的民眾呼喊：

「各位民眾！聽我說！我名叫亞德．梅堤歐爾！是大魔導士的兒子！」

大音量撕開了人們的尖叫。看來如我所料，他們聽進了我說話的聲音。

剛才的騷動就像不曾發生過似的，全場變得鴉雀無聲。

「大、大魔導士之子……！」

「對、對喔，有傳聞說今年有這麼一號人物入學啊……」

我不想出風頭，但由不得我。為了讓民眾安心，我決定大出風頭。

「那邊那個『魔族』，是我在暗中追拿的一隻，現在已經跟死了沒什麼兩樣！接下來，就由我大魔導士之子，對這威脅各位生活的歹徒，施行天誅！」

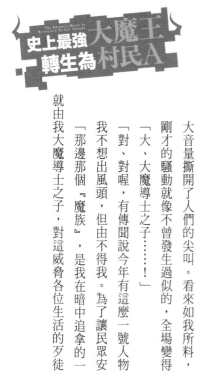

這台詞連我自己都覺得難為情。我瞪著害我出這種洋相的「魔族」，在腦內建構某個術式。

結果建構到一半，正對我的「魔族」得意地笑了。看來他已經恢復到了勉強可以說話的程度。他以看扁了我的語氣說：

「你說要解決我？你這蠢材！沒看到我有人質——」

「人質？你說哪裡有人質了？」

「哼！你沒看見這女……的……什麼……！」

「魔族」震驚地瞪大了眼睛。

他視線往哪兒掃，都看不見剛才理應還在他掌握之中的少女。

「你是幾時開始有這種錯覺，以為你有人質了？」

「你、你這傢伙，做了什麼好事！」

「我用了點幻覺魔法，救出了人質。只是這種魔法對精神力很強的目標不管用。看來『魔族』的水準還掉得真多。」

「該……死……！該死啊啊啊啊啊啊！你這傢伙，到底是什麼人！」

我嘆了一口氣，建構攻擊魔法的術式，泰然自若地回答：

「我只是個平凡的村民，怎樣？」

「有你這種村民還得了啊啊啊啊啊啊啊啊啊啊啊！」

他眼眶含淚地嘶吼完，拍動翅膀，轉眼間飛上了空中。

這實實在在就是所謂無謂的掙扎。

「看來你不知道，我就好心告訴你吧。」

我指向飛走的「魔族」，斷定地說：

「你逃不出我（魔王）手掌心喔。」

接著我發動建構好的魔法。我指著他的手指前面，顯現出巨大的魔法陣。這個浮現在虛空中的魔法陣，隨即開始緩緩輪轉。

「『巴比倫的閃光（Flash of Babel）』，發射（Fire）。」

在我宣告的同時，魔法陣噴出散發黃金色光芒的洪流。

這條發光的線竄過虛空，一瞬間吞沒了目標。

但黃金色破壞光線的勢頭依然不減，直穿天際，在雲層中開出了大洞。

這時魔法的有效時間結束，效果消失。相信敵人已經掉在哪條路上，燒成了焦炭吧。他應該沒死。我不想要那種蝦兵蟹將的命，而且也非得逼他吐出情報不可。

好了，這件事就這麼告一段落，可是……

「剛、剛剛那是……！」

「我、我曾經看過！那是大魔導士的魔法！是最強的特級魔法！」

「這、這麼說來，那個小子……不，我是說那位少爺真的是！」

……果然搞成這樣了。民眾圍繞住我，開始大肆喧譁。

「真不愧是大英雄的後代！」

「謝謝你拯救了我們！」

「感恩啊感恩……！」

不知不覺間，民眾把我往上拋。

……為什麼會弄成這種情形呢？

我一邊感受著飄浮感，一邊深深地、深深地嘆了一口氣。

……後來，我循「魔族」的魔力痕，找出他的所在，前往現場。但很遺憾的，他已經自害身亡。而且似乎很周到地，用了會連靈體都不留下的魔法自害。這樣一來，連讓他復活再逼供也行不通。

留在下水道裡的那些人也一樣。

雖然是敵人，還是不得不誇獎他們的果決。我對敵方抱持敬意之餘，卻又覺得內心無法平靜下來。

敵方到底為了什麼盯上我們？我完全看不出他們的意圖。

既然是「魔族」，針對我們的雙親，也就是大魔導士和英雄男爵報復，這個可能性比較濃厚……但企圖綁走這點讓我耿耿於懷。

不管怎麼說，最好還是要多提防。

然後，這次的「魔族」討伐，在我看來是不值一提的小事，但在世人眼中似乎不是如此。

有一天，一名做騎士裝扮，自稱是女王使者的男子來找我們，說是女王要賜予我們謁見的榮譽，要我們兩個一起去王宮。

我是想避免出風頭，然而……唯獨這次，這樣的情形是求之不得。

只要能夠獲准和女王交涉，說不定就能辭退之前一直讓我很頭痛的競技大會出場這件事。我懷著這樣的期待，前往位於王都中心的宮殿。

不愧是女王的居城，也是國家的核心，宮殿的外觀與內裝都是莊嚴又富麗堂皇。

但是，很沒有實用性啊。我前世作為居成的「千年堡（Castle Millennion）」，就是由十萬三千種的魔法術式建構而成，不但可以將來自外界的所有攻擊都化為烏有，還能夠從整座城堡發出強大的特級攻擊魔法。

相較之下，這座宮殿是多麼無力啊。在古代世界，這樣的城堡會被一舉夷為平地喔。不過這多半也就表示，世界就是變得這麼和平了吧。

我一邊懷抱這樣的感想，一邊跟著引領我們的騎士，在宮殿內行進。

……我本來還以為只會在會客廳簡略謁見。

但他帶我們去到的是大廣間。也就是說，不是簡式，而是作為公務之一，進行正式的謁見。寬廣的大廣間左右兩側牆邊，站著成排狀似家臣團的男女老幼瞪著我們。

紛紛說著「竟然放平民小鬼進宮殿……」或是「什麼大魔導士，編造個理由誅殺掉不就好了」之類的。

幾乎全都是對我這個平民的侮辱。

完全不受歡迎的險惡氣氛下，我和伊莉娜以五體投地的狀態，等待女王登場。我看著腳下所鋪的這條很長很長的地毯。這條地毯往前延伸，一路通到那豪華的王座……我不曾以低微的身分看著王座，但並沒有什麼特別的感慨。就只是對坐在那座位上的人懷抱憐憫的心情。接著——王座的主人，女王羅莎現身了。

女王陛下從另一頭的通道，在一群強悍騎士的簇擁下走來。

她的美貌與威儀，都堪稱極於人世。

年齡和我們差不了多少，大概大了一兩歲吧。

身高不矮也不高大。體型苗條，和伊莉娜不同，算不上巨乳……但穿著黃金色禮服的肉體，每一個部分都很美。

胸前的隆起比伊莉娜與吉妮要來得低調，但形狀美得堪稱藝術。線條明確突出的臀部，也構成了美妙的曲線美。

容貌更是讓美麗這個字眼都不夠用。她成熟的美貌當中，有著王者的氣質與風格。只是……髮型讓我很好奇。

她美麗的金髮髮尾，捲得一圈又一圈，那到底是用什麼樣的手段形成的呢？我從前世就一直很好奇，到現在還是一團謎——

「喂！你這平民，不准直視陛下高貴的尊容！」

吼出這句話的，是侍立在羅莎背後的老人。他留著翹八字鬍，矍鑠地侍奉女王，多半是宰相吧。

對於他的怒氣，女王一邊在王座坐下……

「無妨無妨。看本座的美貌看得出神，本就合乎生物生息的道理。」

一邊輕輕搖動豪華的扇子微笑。她的聲調裡沒有傲慢，就只有著對自己的絕對自信。

我則想著該如何是好，該以什麼樣的態度面對女王——而我還在煩惱……

「小羅，好久不見了！妳過得好嗎？」

伊莉娜猛一站起，笑眯眯地對她問起。

我好久沒有這種彷彿全身墜入冰窖的感覺了。既然她對女王採取了這樣的態度……

「那丫頭是怎樣！」

「對陛下做出那種無禮的舉動……！」

「就算是英雄男爵之女，還是讓人看不下去！」

就必然會弄成這樣。充斥整個場面的險惡氣氛增加了七成。

只是，在這樣的氣氛下，伊莉娜仍抬頭挺胸呼喊：

「怎樣啦！這點小事有什麼關係？我們是朋友！」

聽到她的這句話，貴族們全都皺起了眉頭。

但女王自己卻哈哈大笑，說道：

「妳還是老樣子啊。這才是本座認識的伊莉娜。」

她笑得很開心。接著視線在貴族身上掃過一圈，發出有威嚴的話語：

「伊莉娜是本座的朋友，因此本座容許她做出任何僭越或不遜的言行。有什麼不滿，儘管衝著本座來。萬萬不許責怪伊莉娜。」

羅莎展現出來的威壓感，讓在場的每個人都默不作聲。

竟然跟女王是朋友，我們家的伊莉娜真的好厲害。

之後羅莎優雅地微笑，張開扇子說道：

「好了，今天找你們來，為的不是別的，就是為了表揚單獨討伐『魔族』的偉業，給予

獎賞。亞德・梅堤歐爾，就是你。」

羅莎的視線朝向我……這下該怎麼辦好呢？我和其他國王交涉的次數多到數都數不清，但那全都是以「魔王」的立場進行的。

這還是我第一次以低賤的身分謁見國王。

這種時候，身為一個平民，該如何面對女王呢？

快想起來。基層的部下與民眾，之前都是用什麼樣的態度對待我的？

……啊，對了，我想起來了。他們對我說的話，全都只回答「是！」呢。

嗯，沒錯。全都只答「是！」就結束了。

而且不管我說什麼，他們都只回答「是！」啊。

有些村民，甚至我問「你們討厭我嗎？」，他們也回答「是！」。

……害我都想把年貢提高一百倍了。

不過不管怎麼說，在進入交涉前，對於對方說的話，都只回答「是！」吧。

「這次的事情，有勞你了。」

「是！」

「你的表現值得表揚。」

「是！」

「真不愧是大魔導士的兒子啊。」

「是！」

「本座很中意你。因此要給你獎賞。」

「是！」

「你來當本座的丈夫。」

「是？」

她突然塞給我這顆炸彈，搞得不只是我，在場所有人都啞口無言。

「嗯？你沒聽懂嗎？那本座就再說得簡單點吧。亞德．梅堤歐爾，你——想不想要本座為你生孩子？」

女王陛下翹起美腿，嫣然微笑。這種舔著嘴唇的模樣非常迷人……就連看多了美形人物的我，都忍不住怦然心動。

然而，這也只有一瞬間。響徹全場的吼聲讓我回過神來。

「陛、陛下瘋了嗎！」

「女、女王納入下賤的平民血統，這成何體統！」

「就是因為會弄成這樣的事態，我才進言說要誅殺那些平民啊！」

家臣們大聲喧譁，尤其宰相更是大大亂了方寸。

「女王陛下啊啊啊啊啊！那種人到底哪裡好了啦啊啊啊啊！我不答應！微臣萬萬不答應！那種平民到底哪裡……啊！原來！是那裡嗎！陛下是看上他那裡嗎？若是如此就不必擔心！就由微臣來陪伴陛下度過夜晚！小～事一樁，還請陛下放心！微臣的暴○將軍真的好棒棒！不像那種平民小鬼，是真正的大砲！真的！」

「喂～來人啊～幫本座把這戀童癖老頭的頭給砍了～」

宰相還在嚷嚷，女王羅莎叫人讓他閉嘴，接著繼續說道：

「唉，真是沒轍。當女王還真是綁手綁腳。也罷，這次就當作是玩笑吧。」

……她聳聳肩，搖搖頭。

實際上，她的眼神裡沒有一絲一毫對我的好感。但看來似乎有著另一種感情……我還在推敲到底是什麼樣的感情，羅莎已經繼續說下去：

「本座也很忙，所以趕快解決獎賞這件事吧。亞德・梅堤歐爾，本座升你為『第五格(Pentangon)』的『魔導士』。」

她這番話說得乾脆，卻再度讓全場一片譁然。

「第、『第五格』？把、把平民升到『第五格』，這可沒有前例啊！」

「像艾拉德那種公爵家的神童也還罷了！這樣的身分對平民太過了！」

「陛下，請您收回成命！把『第五格』賜予平民，難保不會讓民眾得意忘形！到時候難

保不會變成叛亂的火種！」

我認為最後的這個意見有點太飛躍，但不管怎麼說，我自己也絕對不想收下「第五格」這種立場。一旦事情弄成那樣，奧莉維亞就會露出笑容。這是我萬萬要避免的。因此我開了口：

「陛下，草民惶恐，就如諸位大臣所說，像草民這樣的平民，『第五格』實在太過。容草民放肆……想請陛下聽草民小小的心願，作為這次的獎賞。」

「哦？你的心願是什麼？說來聽聽。」

我得到大好機會，心中暗自竊笑之餘，開口說道：

「草民想請陛下，增加草民所就讀的拉維爾國立魔法學園的預算。」

只要這個請求受理，我參加競技大會的理由也就會跟著消失。

對於我的這個請求，女王羅莎瞪大眼睛，歪了歪頭。

「啊？怎麼，這點小事就好？而且，這樣你會有什麼好處？」

「草民自身沒有任何好處。然而，校長葛德伯爵平日就很照顧草民，草民心想此舉當可報答伯爵的恩情於萬一……」

這幾句話，讓周遭家臣們的態度首度轉為好感。

「哦？那個平民還挺知道本分的嘛。」

「和他的雙親相反啊。如果是那樣，倒也不必出手干預啊。」

「也許可以給到『第三格（Triangel）』啊。他肯定很優秀，應該會好好做事。」

喔喔，險惡的氣氛一口氣轉為好意——

「竟然優先報恩甚於自己的利益！本座不曾遇過像你這樣高尚的人！本座愈來愈欣賞你啦，亞德．梅堤歐爾！為了獎賞你，『第五格』和預算增額，兩樣本座都給你！」

……這個笨蛋女王給我講出這種話來，讓氣氛又變回險惡了。之後經過諸多攻訐，到最後……

「啊啊，夠了！好啦好啦！那就給個條件如何！那就給予亞德．梅堤歐爾和伊莉娜．利茲．德．歐爾海德『第五格』的位階，相對的，收編他們為本座直屬特殊兵團『女王之影』，然後定期派給他們難以達成的任務。」

「……不，陛下，這樣反而有更多事情非商議不可。對歐爾海德的女兒也賜予『第五格』，這實在——」

「有什麼關係。順便嘛，順便。反正伊莉娜遲早也會達到這個領域，而且對象是『第五格』，只有自己是『第一格（Single）』，也太不像話了吧。伊莉娜，妳說是不是啊？」

「就是啊！小羅真不是蓋的！妳好機靈！」

伊莉娜笑得開心，女王也露出心滿意足的笑容。

之後也繼續吵吵鬧鬧，但女王羅莎一句聖旨：「好了！這件事談完了～！本座要回去處理雜務了！不管了！Goodbye，Adios！」我們的升格，以及加入這個叫做「女王之影」的神祕兵團這兩件事，也就此定案。

「該死！這一代女王真不好應付！」

「別氣別氣，先冷靜點。關於那個平民，我們就慢慢討論吧。這不會有什麼問題的。畢竟他們進了『女王之影』，只要利用這一點……」

「正是，多得是方法……就讓他們儘管去歌頌人生的春天吧。」

……我認為這個時代的當政者，應該要多顧慮別人的感受。

「哎呀～真沒料到會這樣出人頭地呢！回去以後我們寫信給爸媽吧！啊啊～我已經可以想像爸爸大聲嚷嚷的模樣了～！」

是啊。不過我想一定不會是妳想像的那種嚷嚷法吧。

……競技大會的事情算是告一段落，但一個問題剛解決，又跑出了非得被收編到「女王之影」不可的新問題。

真是的，到底為什麼會搞成這樣呢？

◇◆◇

暮色漸濃的天空照看下的王都，其中一條巷子裡。

沒有人來往的巷道正中央，多名男女密集地站在一起。每個人乍看之下，都只像是平凡的居民……但實際上卻是以「魔族」為中心的反社會組織「拉斯・奧・古(Ras al Ghul)」成員。其中一個狀似頭目的老人，吐出了有重量感的聲音：

「大魔導士的兒子，比我們意料中更有本事啊。」

但他的嗓音卻和說出的內容相反，透出強烈的樂觀語調。

對於這樣的老魔族，周遭的人們也以平靜的表情點了點頭。

「正是。這次的事情，讓我們試出了他的本事。」

「雖然犧牲了幾名同胞……但這樣一來，也就完全沒有疑慮了。」

「唔，的確，亞德・梅堤歐爾很強，實實在在是破格地強。然而……他總贏不了『那個怪物』。」

眾人的腦海中，都浮現了「她」這個協助者的身影。

至於眾人臉上，半數浮現的是安心感，另外半數……則是不信任。

「那女的真的可以信任嗎？她跟我們終究不同族，而且她不是史上有名的叛徒嗎？」

對於這個疑問，老魔族仍不改樂觀的表情回答：

「唔，你們的心情我也不是不懂，可是，你們放心吧。那女的不會背叛我們。她的感情是真的。那女的啊，是真心想滅了當今的世界。」

所以我們才會利用她──老魔族這麼說，露出邪惡的微笑。

「她對世界的憎恨是真的。但她又太強大了，連我們主人的治世都難保不會一起被破壞掉，因此等主人再臨，就要請她退場。」

老魔族平淡地說完確定事項後，提起了另一件事。

「好了，這次的事情不會改變我們的計畫。『綁來祭品』這件事，要在星辰齊聚之日，也就是七天後進行。在這之前，都無法執行『儀式』。因此，我們不必急於綁來祭品。各位千萬不要耐不住性子而專斷獨行。要是貿然行動而打草驚蛇，就有可能發生個萬一。雖說我們有最強的怪物站在我們這邊，還是不能掉以輕心。」

眾人不約而同地點點頭，老魔族繼續說下去。

「詳細的內容也沒有改變。這次的事情，讓我們知道了亞德·梅堤歐爾這個令人不放心的因素有多少本事。既是如此，就完全不用任何耍小聰明的計謀，完全靠實力進行。我們全軍一起襲擊，綁來祭品，就這麼簡單。換做是過去的我們，這計畫簡直是自殺行為，但現在的我們，有著無限的大軍與最強的怪物站在我們這邊。」

老魔族在滿滿的自信中這麼說完後，補上了最後的結論：

「一切都是為了我們主人的正當支配權，以及找回正確的世界。」

「外界神萬歲（All Hail Outer）」——老魔族喃喃說完，其餘眾人也同樣答以「外界神萬歲」的呼喊……

接著眾人各自散去，融入熙熙攘攘的人潮中。

老魔族也獨自走在大道上。走著走著，忽然間聽見市民說出這樣一句話。

「還剩『七天』啊～」

「今年也好期待啊，『魔法學園的競技大會』。」

「對啊。畢竟聽說今年有『那些大英雄的小孩』入學。」

老魔族聽見這樣的談話。

「喔喔，真是令人期待啊。」

他扭曲滿是皺紋的臉，喃喃說出這句話。

第十五話　前「魔王」，犯桃花PART1

加入「女王之影」，以及晉升「第五格」，這些消息我應該已經徹底封鎖。但就不知道是命運對我惡作劇，還是那些貴族在玩把戲，消息還是走漏，轉眼間就傳了開來。

因此，我在學校裡受到的待遇，也變得符合我的身分。

首先，再也沒有貴族的小孩對我發洩露骨的惡意。

接著，還有人組成了所謂的亞德大人後援會，主要就是讓我周遭隨時有一群平民女生簇擁。

還有……我變得每天一定會碰到有女生表白一次。

放學後的校舍後頭，大片的樹蔭下，初夏溫熱的風輕撫著臉頰。

眼前有著一名跟我同學年的女生，紅著臉注視我。她忸忸怩怩地害臊著，一再吞吞吐吐，但過了一會兒後，她似乎做出了覺悟，深呼吸一口氣……

「我、我喜歡你！請你跟我交往！」

她猛一鞠躬，伸出右手。

起初我會心頭小鹿猛撞，但現在已經習慣，並未萌生任何特別的感情。

我淡淡地，說出一如往常的定型文：

「非常抱歉，我現在的立場，不容我讓心思流連在兒女私情，所以無法和妳交往。眼前，我們就先從朋友當起，不知道這樣妳能不能接受呢？」

不分美醜，直到今天，有很多女生來找我表白……雖然其中也有男生，但這一點都不重要。重要的是，我對任何人都無法懷抱戀愛感情。

如果我是個輕浮男，就會交往來玩玩，但我絕對做不出這麼不誠懇的事情。

「……嗯，我明白了。對不起喔，跟你說這種奇怪的話。」

這次的女生看來也接受了，但似乎掩飾不住失戀的打擊，顫抖著低下頭。這種時候該怎麼應付，我到現在還是搞不——

「……先保留是吧？接下來該怎麼攻陷他好呢？」

咦？

「這小子看起來就在室，只要拋個媚眼，馬上就搞定了吧？」

等等。

「就先讓他揉個奶吧？然後順勢做下去，製造出既成事實，這小子家的財產就是我的了……！哼哼哼，不知道他們家存了多少……！」

喂，都漏出來啦。妳的黑暗面漏個不停啊。

「那、那麼，亞德……作為朋友，我有個請求……可以揉我的胸部嗎？」

「不，我不揉……」

「咦！為什麼！」

妳在驚訝什麼？我才要驚訝咧。照這個對話脈絡，哪可能去揉妳的奶。

「不，可是，亞德，你想想，你看起來很疲憊。」

疲勞跟胸部是有什麼關連啦！妳要說揉了奶就會讓疲勞都消失嗎？胸部哪裡會有這種效果……不，如果是伊莉娜的胸部，說不定就有。

但眼前這女生的胸部，不會有任何效果。因此我堅決不揉。

「這個，呃……總之你揉了再說啦啊啊啊啊啊啊啊啊啊啊啊啊啊啊！」

終於要用強了。這女生是怎樣，坦白說有夠可怕。

她一把抓住我的手，要讓我揉她的胸部。

我拚命躲避，不讓她如意。這是什麼狀況？

「嗚噁啊啊啊啊啊啊啊啊！揉我胸部啊啊啊啊！揉我胸部啊啊啊啊！」

根本是怪物。遠比我之前應付過的任何魑魅魍魎都更可怕。

換做是前世，這種時候只要喊幾聲「來人啊啊啊啊啊！把她攆走～～！」就沒事了，但既然現在的我只是個村民，也就沒有什麼侍衛可以使喚。

不，真的，哪個人，來救救我吧……也不知道是不是我這個心願上達了天聽。

下一瞬間，一個耳熟的嗓音，撕裂了怪物的呼喊。

「給我到此為止！」

說話的語調中充滿了怒氣。說出這句話的……是伊莉娜。

她雙手抱胸，站在校舍角落，全身發出駭人的厲氣，可怕得連我這個前「魔王」都不由得冒冷汗。

怪物（女生）想必更不用說。只見她突然停下腳步，大冒冷汗……

「呃、呃，這個…………胸部胸部！」

還喊著這種莫名其妙的話逃走。

「得、得救了……非常謝謝妳，伊莉娜小姐……」

我走向她，對她道謝。換做是以前的伊莉娜，就會說些「嘻嘻！我很厲害吧！」之類的話，露出滿面笑容，釋放出一種「主人快誇我」的氣場，但現在她卻「哼！」的一聲，一臉不高興地撇開臉去，什麼都不說就走開了。

我最近才發現，伊莉娜相當會吃醋。

但我也不是笨蛋。這種時候，缺乏人生經驗的男生就會想到「她是對我有意思吧！」這

類狀況外的念頭，但我不一樣。

伊莉娜就只是「不想要只屬於自己一個人的朋友被搶走」。

絕對不是因為喜歡我才這樣。

她的心情我很能體會。畢竟要是有壞東西接近伊莉娜，我也會想一隻都不留地排除乾淨。甚至已經在排除了，是現在進行式。

……不管怎麼說，這陣子，伊莉娜對我老是露出不高興的表情。

對於以她的笑容作為原動力的我而言，這是攸關死活的問題。

因此我必須盡快處理……但實在難以使力。

「人際關係真的好難啊……」

我在校舍後的樹蔭下，沐浴著溫熱的風，深深嘆了一口氣。

……回到宿舍房間後，我一如往常地吃完晚餐，在公用澡堂洗了澡，然後躺回自己床上。

「呼……這下該怎麼辦好呢？我是很想讓伊莉娜的心情好轉啦。」

但我想不出方法。我多半得想辦法處理最根本的問題，也就是女生對我的表白，但始終想不出什麼策略。如果只是要製造出不會被女生表白的狀況，只要大白天的跑上校舍屋頂之類的地方，喊一聲「我喜歡的是男生啊啊啊啊啊啊啊啊啊！」就能一次搞定，但這樣一來，人生就結束了。我跟伊莉娜的關係也會結束。

「唔～～要是七文君裡有一個在這兒，應該就會給我出個好主意啊～」

正當我躺在床上滾來滾去，苦思對策。

咚咚。敲門聲迴盪在室內……難不成是伊莉娜？是她主動來跟我談，想言歸於好嗎？我懷抱著這種樂觀的預測，允許對方進來。結果當門打開，走進來的是——

「嘻嘻嘻……我跑來了♪」

不是伊莉娜，是吉妮。夏天都快到了，她卻披著長大衣包住全身。我正歪頭納悶到底是為什麼，緊接著——

嘩啦一聲響，吉妮拉開長大衣，脫掉了。

而她露出的身體……纏著紅色的細帶。

不，嚴格說來……是只纏著細帶。

只有一根細長的帶子，從胯下連到胸部、肩膀。這就是她的穿著。

已經和全裸無異。白嫩的肌膚、大尺寸的乳房、不禁讓人想揉的屁股。吉妮所擁有的各種凶惡兵器，完全露了出來。

「怎麼樣呢？這個。媽媽是誇說非常棒啦……」

「妳、妳問我我也……」

「那我換個問題……你……可興奮了？」

我無法老實回答。這樣實在太令人難為情了。

吉妮似乎讀出了我的感情，美麗的臉孔上露出嫣然的微笑……

「如果我說，你可以隨便處置我，你會怎麼做？」

「咦，不，這個……這、這是……什麼意思呢？」

對於這個問題，吉妮發出「啊哼」一聲誘人的嘆息。

「亞德，你最近不是特別受歡迎嗎？這我完全不在意。因為我從以前就一直說，我在推動亞德後宮計畫。但……我還是會覺得，不希望你的第一被我以外的女生拿走。所以……」

她說到這裡，頭微微一歪，搖動桃色的頭髮，露出誘惑人的微笑，說道：

「我就想說以後是不是要積極一點♪」

吉妮靠近我。

這個狀況下，我非得阻止她，或是乾脆逃走不可。然而……

身體就是不動。這該不會是……

「亞德也想『做』吧？你的眼睛這麼說喔～」

隨著吉妮搖動乳房，一步一步慢慢走來……她的身體也出現了變化。

她從屁股長出一條黑色、毛色亮麗的尾巴。

看到這些跡象，我有了確信。這孩子，現在已經覺醒為高階的魅魔。

魅魔的「專有技能（Skill）」，名稱叫做魅惑（Charm）。高階的魅魔，則有著一種將這「專有技能」更進一步發展而成的力量，叫做魅惑的魔眼。這是三大魔眼之一，擁有這種魔眼的人，只要直視目標，就可以支配這個人的心，自由自在地控制對方。

她的角和尾巴，以及眼睛裡浮現的心形紋路，就是擁有魔眼的證明。

不妙。姑且不說全盛期的我，現在的我所擁有的肉體，只不過是古代世界的平均值。因此，無從抗拒魅惑的魔眼……！

……不知不覺間，吉妮已經來到身邊，雙手放到我肩上……

「我也是第一次……但不用擔心，我會好好讓你舒服的♡」

她在耳邊輕聲細語，把我推倒到床上。

不、不行。我動不了。而且，我已經完全接受了這個狀況。

我忍不住由衷覺得，想和吉妮做這種事。

雖然我還勉強壓得住身體的生理反應，但……

「那麼，首先得弄大才行呢♪」

相信也只是時間問題。再這樣下去，我就會爬上轉大人的階梯。

這樣一想，腦海中就浮現一名少女的臉孔……就在這時，或許是命運的惡作劇吧……

「亞、亞德，打擾了……喔……？」

我腦內浮現的少女，打開門走了進來。

沒錯，就是伊莉娜。她一進來，立刻僵得像是一尊石像。

吉妮以無異於全裸的模樣，手伸向我胯下。

我被這樣的她推倒在床上，滿臉通紅。

……我知道一直講很煩。可是，我就是想說——

為什麼會變成這樣！

第十六話　前「魔王」，犯桃花PART2

「這、這這、這這這……！」

伊莉娜凝視我們不可告人的模樣，滿臉通紅，全身發抖。

不知道為什麼，她的穿著打扮也相當大膽。

上身是白色比基尼，下身是藍色的超短迷你裙，黑色的細帶內褲幾乎完全露了出來。

她為什麼穿上這麼大膽的衣服呢？

……這樣的疑問，現在都不重要。我該想的問題只有一個。

「你們在搞什麼啦啊啊啊啊啊啊啊啊啊啊啊！」

就是要如何安撫怒氣爆發的伊莉娜。

她發出怒吼的同時，甩得銀髮散亂，衝了過來。

她把跨在我身上的吉妮頂了開去，然後……

「笨蛋！笨蛋笨蛋笨蛋笨蛋笨蛋！亞德大笨蛋！」

她代替吉妮騎到我身上，朝我的臉揮拳。

要說是少女惹人憐愛的抗議……她的進攻未免太高竿了。

這是一陣連格鬥家也自嘆不如的跨坐拳擊。有夠痛的。

「咕喔！喔噁！啊吧！伊、伊莉娜小姐，請妳冷……噗呸嘎！」

「哇～～～～！亞德大笨蛋啊啊啊啊啊啊啊啊！」

伊莉娜一雙大大的碧眼，有如噴泉般灑淚。

吉妮走到這樣的她背後。

「伊莉娜小姐好野蠻呢。妳這樣會被亞德討厭喔。」

伊莉娜全身一震，停下了拳頭。

吉妮從後方架住這樣的她，將她拉開。

然後正視伊莉娜的眼睛，對她拋出問題：

「說來，伊莉娜小姐，妳來做什麼？」

「這、這個……我想跟亞德，和好……因為最近，我對他的態度都很差……我不想被他討厭……」

伊莉娜尷尬地支支吾吾。

「是喔～是這樣啊～妳這身打扮，也是和好計畫的一環？」

「對、對啊！亞德的媽媽，卡拉伯母就說過！說、說只要穿著很、很色色、色的衣服

拜託，男生什麼都會答應！」

……母親大人啊，妳對我們家女兒灌輸了什麼觀念啊。

「還有，呃……還說只要性什麼的，雙方都會舒服起來，馬上就可以和好！所以，我就是來跟亞德性什麼的！」

……看來日後我得安排跟母親大人好好談一談。

「是喔～倒是伊莉娜小姐，妳知道這所謂性什麼的，是怎麼一回事嗎？」

「這、這……！我、我會請亞德教我！」

「……噗（笑）。」

「妳！有什麼好笑？」

「沒有沒有，我只是想說，這種很孩子氣的一面，就是伊莉娜小姐的魅力啊～到了這個年紀竟然還沒有這種知識，真的是非常清純呢～」

「唔唔唔唔唔……！妳！根本看不起我吧！而且啊！都是因為妳對亞德動手動腳，才會弄成這樣！都是因為妳接近亞德，我才會忍不住！之前我都一直忍了下來！看到亞德被女生包圍，我就一肚子火啊！」

「哇，竟然把自己的無能怪罪到別人身上，我覺得這好像不是淑女該做的事情呢。」

「妳還好意思講什麼淑女！看、看看、看妳穿得這麼淫、淫蕩！」

兩者之間激盪出火花。

而氣得滿臉通紅的伊莉娜，怒目大喊：

「既然這樣，我們就來決鬥！看我在下次的競技大會上，怎麼把妳打得落花流水！」

「哎呀～伊莉娜小姐真是好戰呢～……不過，也是啦，我也是有那麼一點野蠻呢。」

吉妮的眼睛裡有了好戰的神色。

「好喔。這決鬥，我接受。反正我會贏。」

「話可是妳說的……！那，要是妳輸了，就再也不准接近亞德！」

「好啊，好啊，我保證。我乾脆附帶全裸繞王都一圈。只是，如果伊莉娜小姐輸了，我就會要妳全裸跑一圈。」

「正合我意！我會讓妳全裸跑王都一百圈，還餵妳用鼻孔吃肉餅！」

兩人都怒髮衝冠，激烈的鬥志互相碰撞。真是亂世啊亂世！……但現在不是在一旁開這種玩笑的場合了。我差點因為太緊張而逃避現實了。

我不想看到她們兩人互相傷害。所以，我忍住緊張與恐懼……

「妳、妳們兩個！都先冷靜點！」

兩人同時瞪了過來。這壓力好強大。比某個「勇者」還可怕多了。可是，我不能在這個時候退縮。為了讓她們知道誰在上位，我拚命忍著想下跪磕頭的衝動，鼓起勇氣大吼：

「妳們兩個，給我跪坐坐好！馬上！」

我強調生氣的舉動似乎奏效了。她們兩個就像被教得很好的小狗一樣，全身一震，怒氣全消，轉而露出怕我似的表情，以跪坐姿勢坐好。

「決鬥是怎麼回事！只為了這點小事就互相憎恨、互相傷害，簡直愚不可及！妳們聽好了，我絕對不准妳們決鬥！妳們要互相道歉！然後和好！不然不准妳們吃飯！」

我覺得自己完全成了個飼主。看到我這樣，兩人支支吾吾了一會兒，但並沒有反駁，轉身面向彼此。

「對、對不起喔，吉妮，我一下子氣過頭了。」

「我、我才要說對不起。我被暫時的興奮給沖昏頭了。」

兩人維持跪坐姿勢互相道歉，握手言和。

她們本性善良，所以我才會喜歡她們兩個。

這件事就這麼告一段落……就在我喃喃說完時——

「我都聽到了！」

門被人用力踹開，有人闖了進來。

我們的視線不約而同看了過去。

一頭長得幾乎碰到地板的白金色頭髮。有如人偶般精緻的美貌。

闖進來的人是潔西卡老師。

她雙手扠腰，挺起雄偉的胸部，賊笑嘻嘻的。

「雖然不可以決鬥，但妳們兩個，要不要參加競技大會看看？」

……為什麼我會有不好的預感呢？我冒著冷汗，靜觀事態發展。

「可是，亞德又不出場。」

「既然亞德不參加，我也不想參加。」

「嗯，我明白妳們會提不起勁。可是，我希望妳們放下堅持，參加大會。」

潔西卡說到這裡，先頓了頓……然後說出了相當出乎意料的話。

「這是為了達成亞德講師化計畫。」

瞬間地啞口無言後，我方寸大亂地開口問起：

「啥！這、這什麼鬼計畫啊？」

「就是計畫名稱所說的那樣。亞德，你已經不是可以停留在學生立場的人物了，你應該站上跟我們一樣的立場，拿起教鞭……這是校長說的。」

那個臭老頭，看你做的什麼好事。

「只是……反對派還是很多。尤其貴族出身的講師，還說絕對不承認讓平民的小孩當講師，根本不聽我們說。」

很好，繼續加油啊，各位反對派。

「可是，只要有著足以拿出來說話的成績，說不定就能封殺他們的意見，然後這次的競技大會就是個好機會。只要受了亞德薰陶的兩位在會中活躍，拿到個冠軍，就能夠證明亞德的教學能力。這說不定就會變成計畫的突破口。」

吉妮與伊莉娜都恍然點點頭。

「就這麼回事。妳們兩位，願意參加大會嗎？」

對於潔西卡的請求，兩人顯得為難。

不成，這可不成啊。亞德講師化計畫？怎麼可以讓這種計畫成功？

要是當上了講師，不就會離奧莉維亞更近了嗎？

這樣會害我一天到晚都看到奧莉維亞迷人的笑容好不好？

我絕對不要這樣。因此我對她們兩人叮囑：

「我平常就一再強調了吧。強調力量不是用來炫耀，是用來保護人，又或者是用來貫徹自己的信念。競技大會這種情形，跟我的理念處在相反的極端，因此──」

兩人聽我這麼說，都露出正經的表情。好，這樣一來，這個令人不舒服的計畫就不會成功了。她們兩個真是率真的好孩子——

「……我說妳們兩個啊，妳們不想看看亞德穿著講師用的超帥氣制服是什麼模樣嗎？」

「「想。」」

……她們兩人都是很坦率的女孩子……對慾望也很率真。

「不，這個，我不答——」

「既然參加，就要拿到冠軍！」

「等一——」

「哼哼，我不會輸的，伊莉娜小姐。」

「就說我——」

「「我們堂堂正正，比個高下吧！」」

兩人來了一次好對手之間的熱烈握手，一起走出了房間。

簡直把我當成不在場的人。

……總覺得想著想著，都想要哭了。

「哈哈，這算不算是搶手的男人真命苦呢？」

潔西卡以活潑的表情，用力拍打我的背。

然後——

「哎呀呀，好期待競技大會那天趕快來呢。真的。」

她喃喃說出這句話的表情，和平常一樣笑瞇瞇的，然而——

會是錯覺嗎？

我覺得她的表情中，帶著幾分邪念。

第十七話　前「魔王」×競技大會×大動亂

在競技大會舉辦前的這七天，我進行了所有想得到的暗中阻撓活動，但大概是命運對我惡作劇，總是發生我怎麼想都不會變成那樣的情形，讓我的圖謀悉數失敗。

而到了今天，競技大會順利開幕。為什麼會變成這樣？

舞台是王都最大的多功能競技場。這個競技場是由古代建造的圓形競技場改造而成，最多可以容納兩萬名觀眾。

拉維爾國立魔法學園，不只是國內知名，在整個大陸都有著數一數二的名聲，所以由這個學園的學生們之間互相對抗的競技大會，每年都是大受歡迎的活動……場內超級客滿。

從開放式的天蓋灑下的陽光，將競技場內照得十分明亮。

在場上正中央展開的一對一魔法戰打得火熱，讓觀眾發出震耳欲聾的加油聲。整個競技場，已經化為一個灼熱的熔爐。

原因就如前所述，由學生們拿出真本事對戰，這點非常重要，不過……

我家雙親與伊莉娜的父親，也就是大魔導士與英雄男爵，都以特別來賓的身分出場擔任

主持人，也很可能是形成這火熱人氣的原因。

然而……我想大家多半是期待大英雄們會做出高度的講解，只是——

「女生的比賽實在讓我不太起勁啊。如果是一群像大猩猩的人對打倒是會很精彩。」

「你自己是這樣啦～……不過話說回來，她們相當不錯呢～胸部的尺寸和屁股的形狀都棒透了。等這場打完，要不要找她們聊聊呢（吸口水）。」

我的雙親作為人該有的種種都已經沒救了，所以指望他們也是白搭。

「瑞明同學使用攻擊魔法的本事相當亮眼。可是莉齊同學的洞察力也很棒。在實戰中，人本身的基礎能力，往往比魔法方面的本事更重要。因此，這場比賽誰輸誰贏，還看不出來。」

懷斯則不同於我家的笨爸媽，做出了切中要點又好懂的完美解說。

不愧是我心目中「想稱之為爸爸的人物排行榜」上第一名的人。

而在這幾位主持人正後方，也就是最前排的特等席上，我也同樣看著競技大會的過程。

在這樣的我身旁……

「這次的比賽相當精彩啊。雙方資質都很好。你也這麼覺得吧？」

「是啊，您說得一點也沒錯。」

坐著臉上貼著燦爛笑容的奧莉維亞。

我回答她時，也同樣維持著微笑。因此……

「他們兩個感覺好融洽喔……」

「說他們有一腿的傳聞，果然是真的嗎？」

幾乎所有人都有這樣的「誤會」。

沒錯，我們的氣氛根本一點也不融洽。

原因很簡單，因為我們進行的絕對不是什麼男女間融洽的對話。

而是高度的心理戰。

「不過這些學生真的好出色啊。這兩個人，不都是會讓阿爾瓦特想收為徒弟的人才嗎？你也這麼覺得吧？」

「這個嘛，我不曾見過阿爾瓦特大人，所以無法給什麼意見。」

她從剛剛就一直胡說八道，觀察我的反應。

只要我稍微露出「不，這不可能」之類的表情，馬上就玩完了。畢竟奧莉維亞能夠從表情中的些許變化，完全掌握對方的心理與思考。

因此，我才會一直擠出若無其事的微笑，拚命按捺住想吐嘈的心情。

只是話說回來，剛剛那一下就很危險。阿爾瓦特可是四天王之中——不，應該說是我魔下全軍數一數二的戰鬥狂，怎麼可能收徒弟。

那傢伙可是那種看到有望的人才，就會出手攻擊，把這些人打到一蹶不振的人啊。

感覺到對方是人才的瞬間，就會動手去殺，阿爾瓦特就是這樣的人。

……不知道他現在到底在做什麼啊。我一邊想著這樣的念頭，一邊對奧莉維亞絲毫不放鬆提防，看著大會的進行。然而……

坦白說，我完全無法理解觀眾為什麼那麼興奮。

比起古代世界的魔法戰，簡直是史萊姆跟龍比。

因此對我而言，所有的比賽，都不可能讓我產生興趣。然而——

只有有如我親生愛女的伊莉娜，以及徒弟之一的吉妮另當別論。

身為監護人，又或者身為師父，我應該要期盼兩人得到勝利與榮耀，但既然有所謂亞德講師化計畫，也就讓我懷抱相反的期望。

但願她們兩個會輸掉。但願她們兩個盡量不受傷，乾脆地輸掉。

……事情卻與我的祈禱相反，她們順利地不斷勝出。

「不過話說回來！伊莉娜同學真的是很出色的人才啊！儘管精神狀態那麼差，其他學生仍然完全不是對手！」

休息時間，主持人朝著寫進擴音術式的短筒型魔導具說話。

聽到主持人對伊莉娜的稱讚，懷斯微微一笑，做出回答：

「她有這實力，自己的才能固然是原因之一……但最重要的還是亞德教導有方吧。」

啥？等、等一下，你到底在講什麼——

「亞德認識伊莉娜之後的這幾年來，一直都在教導她。我經常從她口中，得知亞德的教導內容與方針……內容實在非常了不起。年紀輕輕就有這麼傑出的教學能力，讓我覺得真的是後生可畏。」

懷斯說完這番話，朝我瞥過來……還眨了眨一隻眼睛。

不，你這是給我找麻煩啊！

別擺出一臉「我對大家宣傳了你有多厲害」的表情！

都怪你沒事講這些閒話！

「……記得我那個蠢弟弟，教學能力也很了不起啊。（笑瞇瞇）」

你看，果然搞成這樣了！你這笨蛋是要怎麼賠我啦！換做是以前，你犯的這個錯可是要斬首的！

而且伊莉娜和吉妮，在勝利者的訪談中，也只顧著講捧我的話……再這樣下去，那個找麻煩到了極點的計畫就會成功。

可是，現階段我實在找不出什麼良策……就這麼迎來了決賽。

在決賽舞台上對到的，是伊莉娜與吉妮。

兩人在競技場正中央的圓形戰場上對峙，互相瞪視。

「哼，看來這一場會挺有看頭啊。」

「……是啊，說得也是。」

不只是我們，會場內的所有觀眾，都將目光集中到兩者的對決上。

我是覺得只要她們不受什麼重傷，順利結束就好。

關於講師化計畫……我不再去想了。就讓我逃避現實吧。

接著，本次大會最後也是最高峰的比賽，就要揭開序幕——但就在這時——

「呀啊啊啊啊啊啊啊啊啊啊啊啊啊啊啊！」

忽然間，沒有任何前兆，有人發出了尖叫。就在同時——

不分遠近，四處都傳來破壞與怒吼的聲音。

發生什麼事了？這完美的突襲讓我震驚之餘，目光掃向四周。

映入眼簾的，是多數「魔族」在觀眾席上極盡肆虐之能事的光景。

全場簡直成了人間煉獄。然而，發生這種狀況的，也許並不是只有這裡。遠方的天空，還可以看見竄起了黑煙。這也就表示……

「看來這些傢伙不是只在這裡鬧事呢。」

忽然間聽到的美聲，是潔西卡所發。不知不覺間，她已經站在我們身邊，和先前的我一樣，瞪著遠方竄起的狼煙。

「……亞德，你會展開行動吧？既然這樣，我們也來幫忙。妳也會幫忙吧，奧莉維亞大人？」

「當然。」

奧莉維亞以嚴峻的表情默默點頭。

或許是聽見了我們的談話，我的雙親與懷斯也看著我說：

「我們也來幫忙！」

「呵呵，多年沒動手了，是不是可以出一下全力呢～」

「不，別這樣，王都會被妳轟掉。」

尖叫、怒吼與破壞的聲響，合奏出可怕的音樂，但三人仍然一臉若無其事的表情。不愧是大英雄，膽識相當不簡單。

「場內的這些傢伙，就由我和卡拉、懷斯負責。」

「嗯，那我們就負責外面，是吧。」

「這麼一來，奧莉維亞大人和亞德就單獨行動，我帶伊莉娜和吉妮兩位同學，這樣行動

應該是最好的吧。其他學生多半精疲力盡，派不上用場，講師們不用指揮，應該也會自己行動吧。」

我沒有異議。潔西卡的計畫應該是最有效果的。

只是，就我個人的感情來說……我不希望伊莉娜參加。

但即使我說不行，憑她的個性，多半也會自己跑出去。

既然如此，我會想將她們兩人留在身邊。畢竟她們有可能已經被「魔族」盯上……只是話說回來，姑且不說吉妮，伊莉娜應該會拒絕吧。

要以最有效率的方式拯救更多平民，想也知道是分散比較好。

想必她會確實無視於自身的危機，為了拯救人們而行動。

只有這一點，我怎麼想都不覺得說服得了她。

潔西卡似乎看出我的擔憂，拍拍我的肩膀，微笑著說：

「放心吧，雖然比不上你，我可也是名門侯爵家的才女喔！無論伊莉娜還是吉妮，我都會讓她們毫髮無傷地回來。」

「……就交給妳了，潔西卡小姐。」

我點點頭，對所有人下達指令。

「那麼，我們散開吧。」

眾人默默一舉展開了行動。

我建構飄浮術式，縱身一跳，順勢飛上天，移動到競技場上空。

眼底的王都當中，果然很多地方都發生了悲劇。

「真是的……！為什麼會變成這樣……！」

我啐了一聲，然後從最靠近的一處開始掃蕩。

敵方勢力似乎人多勢眾……但該怎麼說呢，以「魔族」而言，未免太弱了。

而且，每個人的外觀都一模一樣，也很令人介意。

簡直像是大量製造某個人的複製人……

不過，不管怎麼說……

掃蕩戰本身極為簡單。

在王都裡頭飛馳，看到敵人就隨便轟個攻擊魔法。

這種無趣的行為持續了三十分鐘左右，喧囂漸漸平息。

看來是魔導士團出動了。既然這樣，相信只要再過個一小時，事態就會穩定下來。那麼

……

「就先去看看伊莉娜他們的情形吧？」

我喃喃說完，正要發動偵測魔法「搜尋術」的那一瞬間——

「亞德！」

我聽見了一個耳熟的嗓音——我父親傑克的嗓音。

朝他看去，發現他的表情有著強烈的焦躁。

這讓我不由得心下很不平靜。

接著——

「快、快來！再這樣下去……」

傑克說出的話，指出我最害怕的事態已經發生。

「再這樣下去，『他』會死啊！」

第十八話　趁著前「魔王」不在……

◇◆◇

時間稍稍回推。

伊莉娜與吉妮在比賽會場正中央對峙，但鬥志被突然發生的動亂打斷，都顯得不知所措。而潔西卡來到她們身邊，解釋了狀況。接著就如她的提議，兩人跟隨潔西卡，跑向鎮上。

伊莉娜與吉妮，都為了拯救人民而奮起，然而——

輪不到她們兩人出場。

「『閃電爆裂術（Lightning Blast）』。」

炫目的雷光，從顯現在潔西卡手上的魔法陣射出。雷光精準地命中目標「魔族」，將對方全身燒成焦炭。

「來，趕快去解決下一個。」

她悠然微笑，讓美麗的白金長髮隨風躍動，飛奔而去。

她一發現敵人，立刻就施以無詠唱的攻擊，每個敵人都是一擊就解決，模樣活脫是傳說中的女武神。

她如入無人之境的活躍，讓伊莉娜她們只能一再看呆了眼。

之後她們巡了很大的範圍，但兩人完全沒有機會出場。始終是潔西卡一個人解決所有敵人。對於這樣的現狀，伊莉娜與吉妮對看一眼，說道：

「我、我們的老師好厲害。」

「會、會忍不住崇拜她耶……」

這段對話似乎被當事人聽見。只見潔西卡一邊跑在大道上，一邊發出笑聲說：

「哈哈，這點小事，妳們也很快就辦得到了。不然乾脆就趁這次……」

話說到一半，三人的視野微微變暗。

當她們發現原因是天上掉下來之物的影子遮住了她們，這一瞬間……

「往旁邊跳開！」

不用潔西卡說，兩人已經同時往左右跳開。

潔西卡也是一樣。三人長髮飄揚地跳開之後，緊接著……

咚嗡嗡嗡嗡一聲……衝撞與破壞的聲響響起。路面的石板遭到粉碎，無數碎片飛上天，冒出濃濃的煙。三人就在這樣的情勢下，毫不大意地瞪著這不速之客。

若想簡單扼要地形容敵人的模樣，大概就是人形結晶吧。無數藍色結晶聚合在一起，構成像是人的外觀。大小顯然超過三梅利爾……來到伊莉娜與吉妮心中的絕對壓力，想必不是純粹來自這高大的體格。這個「魔族」，非常強悍……！

「妳們兩個別出手，這傢伙由我一個人解決。」

潔西卡本來始終維持活潑的表情，現在神情卻轉為緊張，對兩人這樣下令。

兩人同時點點頭。潔西卡見狀，左手朝向標的。

「『鉅級熱焰術』！」

她以無詠唱方式，施展了火屬性的高階攻擊魔法。

她的眼前展開了八個魔法陣，下一瞬間，每個魔法陣都噴出了猛烈的火焰。

這些火焰轉成漩渦狀挺進，在特定一點會合，化為更強烈的灼熱洪流，湧向對方。面對這強力的魔法，「魔族」則以不變應萬變。

因此，火焰打了個正著。鮮紅的煉獄之火，吞沒了敵人巨大的身軀。

「「成、成功啦！」」

伊莉娜與吉妮，都確信潔西卡將贏得勝利。然而……

魔法有效時間已到，火焰消失。緊接著，三人臉上露出了絕望感。

敵人毫髮無傷。存在於射線上的事物全都燒得一乾二淨，只有「魔族」並未受到任何損

傷。這讓潔西卡也不由得冒出了冷汗……

「這可傷腦筋，這傢伙連我都應付不——」

她的喪氣話說到一半，眼看眼前的敵人身形一晃——

不知不覺間，敵人已經站在潔西卡身前。伊莉娜和吉妮是不用說，連潔西卡也整張臉上露出震驚的表情。下一瞬間，毫不留情的一拳打向了她。

她避無可避。這一拳就像剛才那一步一樣，實在太快。

即將命中之際，潔西卡以無詠唱方式發動了中階防禦魔法「大障壁術」，但敵人這一拳所具備的威力實在太強……

「嘎啊！」

潔西卡發出小小的哀號，全身飛上天。

衝擊太過劇烈，扯破了她身上的部分衣物。然後她整個人劃出一道拋物線，隨即摔在地上。

但動能仍未完全消退，只見她在地上滾了好幾圈……然後停住。

她整個人一動也不動，看上去就像一具裹著破布的屍體……

「呼……呼……呼……」

太強烈的緊張，太強烈的恐懼，讓伊莉娜全身冷汗流得像瀑布一樣。站在她另一頭的吉妮，也是大同小異。

兩者都無法動彈。這樣的狀況下，「魔族」慢慢動起，看向伊莉娜。

「……我們以活捉妳為至上目的。因此只要妳不抵抗，我就不攻擊。如何？」

她尚未回答這個問題，敵人又說：

「只是，不管妳如何掙扎，最終等著妳的也只有死路一條。」

然後他踏出極具重量感的腳步聲，一步步逼近。

吉妮……還是動彈不得。伊莉娜就在眼前陷入危機，但她被自己的恐懼困住，做不出任何行動。而她似乎認為這樣非常可恥，眼眶裡的淚水愈來愈滿。

相對的，伊莉娜自己卻感受到一種不可思議的鎮定。

已經無可奈何，自己沒救了。她正品嚐著這種出於心灰意冷的冷靜，不知不覺間，敵人已經進逼到眼前。

「妳會變成我們成就夙願的基石。小丫頭，儘管高興吧。妳是——」

就在「魔族」淡淡地說著這番如同宣布死刑的話時。

「不准動我的女兒。」

冰冷徹骨的說話聲中，眼前的「魔族」被彈了開。

就像受到強烈的衝撞，全身的結晶碎裂著飛上天。

但「魔族」的慘狀，已經不在現在的伊莉娜關心範圍之內。

她朝說話聲傳來的方向一看。站在那兒的……

「爸、爸爸啊啊啊啊啊啊啊啊啊啊啊啊！」

是讓一頭白髮隨風飄揚，外貌中性的精靈族男子——英雄男爵懷斯。

他犀利的目光所向之處，有著正迅速崩解的「魔族」。

「咕，嘎……啊……！」

「魔族」就像被針固定的標本似的趴在地上，構成全身的結晶以秒為單位不斷粉碎。然而，就是看不見造成這種破壞的力量。

看在毫不知情的人眼裡，多半只會覺得是「魔族」自己倒地，全身自然瓦解。這個現象的真相，也就是懷斯所施展的魔法，是屬於風系的攻擊魔法。而且還是他自行建構術式的專用魔法。

懷斯透過這種根據最尖端科學知識寫成的術式，操作風壓，對敵人施加無法目視的壓力，壓毀敵人。簡直就像被隱形的巨人給踏扁。

因此懷斯將這種魔法，取名為「透明巨人（Skeleton Giant）」。

「你就把現在承受的重量，當成你對我女兒動手的罪有多重吧。」

他將冰冷的視線投向結晶怪物，然後——

「被你的罪給壓死吧。這種下場才適合你。」

懷斯以令人不寒而慄的聲音撂下這句話，提昇了魔法的出力。

「咕，嘰，啊啊啊啊啊啊啊啊啊啊！」

「魔族」發出垂死哀號，構成身體的結晶悉數粉碎、飛散。模樣足以讓人確信這場戰鬥已經分出了高下。

「那、那麼壓倒性的『魔族』，這麼簡單就……！英雄男爵，好厲害……！」

「哼哼！那還用說！他可是我爸爸！」

伊莉娜自豪地挺起胸膛。

說完她就要跑向父親，撲進他懷裡——事情就發生在這時候——

「嗯，大致上在我意料內吧。」

才剛想說聽見了熟悉的美聲——下一瞬間，懷斯的胸口長出了一隻手。

不，不是長出了一隻手，是有人從背後攻擊了懷斯。

「咦！」

父親就在自己面前嘔血，瞪大眼睛倒下。

這樣的光景，讓伊莉娜腦子裡一片空白。視線所向之處，看到懷斯倒下，讓攻擊他的人物現了身。

「而且這是什麼情形？只不過突襲一招，竟然已經性命垂危。真是的，最近的年輕人真沒用啊。」

舔著沾滿鮮血的右手，說得窮極無聊似的她——

是學園講師潔西卡。

她突如其來下了這樣的毒手，讓吉妮瞠目結舌。

從言行舉止到說話聲調，所有成分全都變了樣，簡直不像同一個人。但更讓她震驚的，是潔西卡的右手。

這隻沾滿鮮血的右手，覆蓋著一層純白的鱗片。從指尖延伸出去的爪子，形狀也和人的指甲大不相同，簡直是猛獸的鉤爪。

「潔西卡……老師……！」

聽到吉妮害怕至極的聲音，潔西卡嫣然微笑。

「我不是潔西卡老師。也是啦，既然妳們是跟我相處，對妳們而言的潔西卡老師也就會是我了……可是啊，真正的潔西卡小姐，很久以前就死了。死在『魔族』手裡。」

「啊……？」

吉妮驚愕不已，潔西卡發出嘲笑她的嘻嘻聲，說道：

「我在幫忙『拉斯‧奧‧古』。所以就照他們的計畫，化身為潔西卡小姐，潛入了學園。沒錯……伊莉娜，就是為了綁走妳。」

伊莉娜被她提到，但腦子裡仍然一片空白，顯不出思考的神色。

她看著父親懷斯倒在地上的模樣，只能呆站著發抖。

所以，一陣子後，她說出的話，是出於潛意識運作的結果。

「為什麼？妳為什麼……要做這種事……？妳簡直……不是人……！」

聽伊莉娜這麼說，潔西卡哈哈大笑。

「啊哈哈哈哈！謝謝妳問出這麼值得回答的問題！首先第一個問題，妳問我為什麼要做這種事？那還不簡單！因為我想毀了這個世界！這個令人不愉快到了極點的世界，乾脆毀掉就好了！從『幾千年前大幹一場』的時候，我的行動理念就只有這一點！」

潔西卡讓她那人偶般精緻的美貌因邪氣而扭曲，繼續說道：

「再來是第二個問題。妳說我不是人，是吧？妳答對了。因為我真的不是人類——是白龍啊。」

潔西卡就像要證明自己所說的話，讓身體發生變化。

不只是右手，連左手也覆蓋上一層白色的鱗片，指尖變成像是猛獸會有的鉤爪。美豔的

嘴右半直開至耳邊，嘴裡的牙齒失去圓潤，換上了尖銳。

實實在在不是人類，而是怪物的模樣。但伊莉娜與吉妮兩人所感受到的冰冷，並非純粹來自對異形怪物的畏懼。

是因為潔西卡全身施放出了超乎想像的壓力。

和她對峙的瞬間，氣力就被連根拔起，直接被植入死心的念頭。面對如此非比尋常的壓力，兩人當場動彈不得。先前懷斯所打倒的「魔族」也是怪物沒錯……但比起她就簡直只是隻螞蟻。等級實在差得太多了。

「怪、怪物……！」

聽到吉妮喃喃說出這句話，潔西卡裂開的大嘴一歪，笑說：

「嗯，沒錯，我是不折不扣的怪物。而且……還是有名到名字會留在神話裡的怪物。我想妳們至少也聽過我的名字吧。畢竟，各種戲劇裡，都把我當成鐵打不動的反派。」

她哈哈大笑，然後說出了自己的真名。

「狂龍王艾爾札德——這就是我真正的名字。」

伊莉娜與吉妮同時瞪大了眼睛。狂龍王艾爾札德。傳說中的白龍……幾千年前，「魔王」

死後，差點毀滅世界的怪物。其恐怖的程度被人們流傳至今，與「魔族」、「邪神」並列為恐懼的對象。

這樣的怪物，就站在自己眼前。兩人所感受到的恐懼，自是超乎想像。

「啊……啊……」

潔西卡——不，是艾爾札德，她以眼角餘光看著癱坐在地的吉妮，走向伊莉娜，攤開雙手說：

「這樣講是會和剛才那個小嘍囉的台詞重複啦……不過只要妳乖乖就範，我現在就不會傷害妳喔。雖然也只有現在不會。」

她揚起裂開的大嘴嘴角，逼近過來。

就在伊莉娜確信已經完了的時候——

「嗚、啊……啊啊啊啊啊啊啊啊啊啊啊啊啊啊啊啊！」

才剛想說聽到大聲嘶吼，緊接著就有火球從旁砸在艾爾札德臉上。

火球打個正著，發出小規模的爆炸，但艾爾札德毫無受傷的跡象。

然而，或許是因為沒料到會有這樣的情形，只見艾爾札德皺起眉頭。

「……吉妮，妳這是什麼意思？」

她瞪著施放魔法的人——魅魔族少女吉妮。

一瞪之下，吉妮再度不由自主地單膝跪地。然而，她雖然喘著大氣，眼睛被發自恐懼的淚水沾濕，卻仍持續施放火球。然後……

「請、請妳快逃！伊莉娜小姐！」

她以顫抖的嗓音呼喊，同時不斷施展魔法。這些火球悉數打個正著，但在最差的精神狀態下發動的魔法，對艾爾札德並不構成任何威脅。

「真是的，妳對剛剛那個小嘍囉還嚇得不敢動手呢，對我卻這樣？這是為什麼呢？是因為我看起來很弱嗎？……我看妳很不順眼啊。」

她在火球的洗禮下，以看著煩人的小蒼蠅似的眼神看向吉妮……

她將左手食指那鉤爪狀的尖端，朝向了吉妮。

緊接著，伊莉娜腦海中想到了吉妮的死。

這個時候——一種有著灼熱顏色的思考，為她一片全白的腦子裡賦予了色彩。

「嗚，啊啊啊啊啊啊啊啊啊啊！」

不知不覺間，伊莉娜發出叫聲，撲向艾爾札德，朝她的腰間使出一記強烈的衝撞。然而，艾爾札德的身體一動也不動。

「……妳在做什麼呢？」

伊莉娜自己也不知道自己在做什麼。

她覺得對於保護吉妮這樣的行動，不是一句個性如此就交代得過去。畢竟吉妮是個可恨的女人，想把亞德從自己身邊搶走。但伊莉娜現在打從心底，想保護這樣的她。

這是為什麼呢？……腦子裡明明充滿了這樣的問號。

但她胸腔內火熱的心，衝動性地拋出了答案：

「不准妳！對我的朋友下手！」

下意識中說出的這句話，讓伊莉娜自己都瞪大了眼睛。

朋友？說吉妮是自己的朋友？

……啊，也許是吧。畢竟她在伊莉娜這些年來所認識的人當中，非常特別。對她不需要覺得客氣、恐懼或不安。就只是單純覺得可恨。

這或許也是一種友情。這樣一想，伊莉娜就微微一笑。

「艾爾札德！帶我走！但是不准妳對吉妮動手！要是妳敢傷害她，我就咬舌自盡給妳看！」

伊莉娜將真正的覺悟砸了過去。艾爾札德似乎看出了她有多認真，嘆了一口氣說：

「……真令人火大。我果然討厭妳。」

艾爾札德先喃喃說到這裡，然後身上已經破爛的衣服背後部分應聲破裂。一雙翅膀從她露出的背部滑嫩肌膚穿出，張了開來。

「算妳撿回一條命嘍，吉妮？」

艾爾札德丟下這句諷刺的話，飛上了空中，當然也不忘一隻手抱住伊莉娜。

吉妮被獨自留下，發了一會兒呆後——

「伊莉娜小姐……！」

她內心百感交集，不知不覺間，眼淚隨著嗚咽聲流了下來。

第十九話　前「魔王」，出擊

◇◆◇

再這樣下去，他會死。

聽到這句聳動的話，我產生了緊張感，在傑克的帶領下行進。

我們去到的地方，是學園的醫務室。和都市喧囂無緣，充滿了靜謐的室內，可以看到葛德伯爵……他對躺在身前病床上的懷斯，不停施展治療魔法。

他的臉上滿是絕望，但一看到我，表情中就有了希望。

「喔喔！你來啦，亞德！憑你的功力，應該治得好懷斯吧？」

葛德與傑克，兩人同時透出要我趕快動手的情緒。

我點點頭，走向懷斯。半裸的他身上沒有外傷，多半是被葛德的治療魔法給治好的。然而他臉色蒼白，眼看隨時都會沒命。

但這不成問題。我右掌朝向懷斯，施展低階治療魔法「治療術」。

懷斯臉上迅速恢復血色——隨即睜開了眼睛。

「這裡……是……？」

他坐起上身，環顧四周，表情中有著不解。

但他似乎立刻就掌握住了事態，對歡喜的傑克與葛德一瞥……道歉說「對不起，我連道謝的時間都沒有」，然後轉過來看著我說：

「我就單刀直入地說吧。小女……伊莉娜……被綁走了。」

「……果然弄成這樣啦。」

雖說早已料到，但心中還是受到了一定的衝擊。

懷斯似乎並未在意我內心的波動，繼續說道：

「綁走她的……是狂龍王艾爾札德。聽起來，她之前是化身為潔西卡小姐，潛入學園。她和『魔族』聯手，為的是毀滅這個世界……」

……原來啊。潔西卡背叛了嗎？

這並不讓我覺得有多意外。因為我早以隱約覺得她不太對勁。

只是話說回來，我無法懷抱確信，所以也就做不出強硬排除她之類的激進舉動。

然而……真沒想到她的真面目，竟然會是艾爾札德啊。

「喂喂喂，『邪神』之後是狂龍王？神話等級的敵人，打一個我就已經吃不消啦……」

冷汗從傑克的臉頰流下。

「是、是不是有哪裡弄錯了？會不會是冒用艾爾札德名號的冒牌貨呢？」

葛德投來懷疑的眼神，懷斯嘆著氣，對他搖了搖頭。

「雖然我當時已經意識朦朧，但仍然足以充分掌握她的戰力。她跟我們十幾年前打敗的『邪神』相比，毫不遜色……不，說不定還更強。」

葛德默不作聲。我父親傑克也是一樣。

三人的臉上，都同樣有著揮之不去的絕望。

實際上，狀況相當艱難。然而……要做的事很簡單。

「我們要搶回伊莉娜。我們該考慮的就只有這件事吧。無論敵方戰力如何，該做的事情就要去做，這個目的不會有什麼改變。」

我先這麼說完，然後才對懷斯問出從剛剛就很在意的一個疑問。

「對了，那些『魔族』為什麼會綁走伊莉娜？以前他們也曾經盯上伊莉娜而展開行動，若說是要對討伐了『邪神』的英雄報復，這次動亂的規模未免太大。一定有什麼內幕吧？」

對於我的提問，懷斯沉默了好一會兒，然後開口說：

「我們自稱姓歐爾海德……但這是假名。治理邊境村莊歐爾海德的男爵，只是幌子。我們真正的姓氏是……」

懷斯說到這裡先頓了頓，然後以毅然決然的表情說下去：

「拉維爾——也就是，這個國家真正的王族。」

「唔，是這樣啊。」

「……你、你不吃驚嗎？」

「我只是沒表現在臉上。」

換做是平庸的人，這個時間點上多半會吃驚吧。但，我可也是上輩子活了將近一千年的前「魔王」，這種小事不值得我亂了方寸。

「不過懷斯伯父，即使你才是真正的王，伊莉娜小姐是公主……我想這仍然無法構成讓那些『魔族』做到這個地步的理由。即使要綁走公主來進行某種交涉，我也看不出他們想要換的到底是什麼牌。因此……你還有所隱瞞，不是嗎？」

懷斯以苦澀的表情默不作聲。葛德拍了拍他的肩膀。

「我想已經可以告訴亞德了吧？再也沒有人比他更值得信任了。」

聽葛德如此勸導，懷斯點點頭，下定決心似的說道：

「我們……拉維爾一族……有著『邪神』的血統……！」

他的表情簡直像在告解，像是說出了自己本想帶進墳墓的罪行。

看樣子父親與葛德也知道這件事，他們以泰然自若的表情看著我。

那麼……至於我呢，坦白說我覺得「那又怎麼樣？」。

「這、這你也不吃驚？」

「不，我很吃驚。只是……更覺得想通了。原來如此，就是因為有著『邪神』的血統，才會盯上伊莉娜小姐，那這一切就說得通了。想來那些『魔族』是打算拿伊莉娜小姐當活祭品，進行召喚『邪神』的儀式吧。既然有著那些邪神的血統，作為儀式的材料就非常完美。至於不盯上懷斯伯父而是盯上她，那也不用說，當然是因為她作為『魔導士』還不成氣候。嗯，這樣一來，所有的拼圖都拼上了。」

我一個人滔滔不絕地講到這裡，三人都聽得張大了嘴合不攏，過了一會兒——

「噗哈哈哈哈哈！真不愧是我兒子！懷斯，我說得沒錯吧！我就說這小子根本用不著我們擔心！」

傑克哈哈大笑，拍著懷斯的背。

「我本來以為聽到這件事不會亂了方寸的，就只有我們幾個呢……真是血濃於水啊。」

葛德苦笑著把玩自己的鬍鬚，至於懷斯呢……

「……這我可放心了，真的。」他露出像是驅走了身上惡靈似的表情，喃喃說道。

也是啦，對一般人而言，這多半是令人震驚的真相，但在我看來，終究只是「所以呢？」這點程度的消息。畢竟我上輩子就和好幾個有「邪神」血統的人見過面，其中也包括曾是我

部下的人……

我人生中最好的好朋友──「勇者」莉迪亞，也出身於有著「邪神」血統的一族。

也因為有這樣的理由，我完全不為此動搖，而懷斯就對這樣的我喃喃說起：

「在這個以『魔王』為主神的宗教已經根深蒂固的時代，與『邪神』有關的一切，都會成為厭惡與仇恨的對象。在這樣的情勢下，若是王族有「邪神」血統的消息被人得知……難保國家不會顛覆。但棘手的是，正因為有『邪神』的血統，我們一族極為優秀。正因如此，經營國家的工作最好還是由我們來做。」

這件事實在充滿了矛盾。國家應該要交給一群優秀的人來經營，但這些人卻又是這個時代裡受到最嚴重歧視的對象。

「所以，我們的祖先訂立了一個扭曲的體制。表面上的統治全都交給替身的一族，王族只對真正重大的決策說話……我想已經差不多是時候，該創立別的體制，但一直找不出好的替代方案。」

這多半是身為真正國王的懷斯才會有的憂慮吧。他低下頭，嘆了一口氣。

我只回了他一句「是嗎？」……然後切入了正題。

「那麼懷斯伯父，眼前我要請你批准，讓我進入應該存在於王宮內的寶物庫。我知道這很無禮，但我必須說，這不是請求，是不容更改的決定。說來抱歉，你才剛傷癒，但還是要勞煩你。」

我這番話說得不客氣，但懷斯的心情似乎也和我一樣。他只回答一句「我把一切都託付給你」，靜靜地下了床。

當我們正要走出醫務室，葛德伯爵叫住了我們。

「亞、亞德！你打算做什麼？」

「哪有什麼做什麼，我就只是要去接朋友。」

「你、你說得……這麼輕描淡寫……」

葛德伯爵張大了嘴，然後面有難色地說道：

「我不想說這種話，但對手可是那個艾爾札德啊！就算你有通天本領……」

你這麼強調那個艾爾札德，但我聽了也只覺得「是哪個艾爾札德？」啊。對葛德這些現代人看來，那隻白龍多半是無比強大，但在我看來，龍這種東西只不過是大隻的蜥蜴。

只是現在的我，比起全盛期還是弱得多了，所以多半會陷入苦戰。

但話說回來……

我可不認為自己弱得會讓這種半路跑出來的蜥蜴為所欲為。

所以，該怎麼說，雖然我知道一旦說出這種話，日後就會多出很多麻煩。

但事態非同小可，所以我挺起胸膛說……

「葛德伯爵，您似乎不明白，所以恕我直言。」

然後強而有力地斷定：

「我的字典裡，沒有不可能這個字眼。」

……在懷斯的安排下，我進入了設置在王宮地下的寶物庫。

作為見證人，女王……其實是替身羅莎，以及懷斯，都到了現場見證。

寶物庫內有著許多架子，裡頭陳列了大量的國寶。

其中有些東西格外地大放異彩。

暗色的外套、紅色的長槍、藍色的脛甲——這些就是我要找的東西。

名叫「魔王外裝」。我在前世親手打造出六百六十六種威力強大的魔裝具，這就是「魔王外裝」。我事先在遺書中吩咐，要把這些魔裝具分派到各國保管，以因應我死後，被封印的「邪神」復活的情形。看來我的部下們乖乖遵守了命令，這個國家也把三種「魔王外裝」當成國寶保管。

「亞德．梅堤歐爾啊，你打算拿這些做什麼？你總不會說你有辦法運用『魔王外裝』吧？」

「不，這再怎麼說都不可能。」

我這麼說，並不是出於不想出風頭的盤算。「魔王外裝」早已調整成在古代世界都算是極高水準的「魔導士」才能使用。因此，現在的我，只用一種也還罷了，要是同時操作三種，魔力馬上就會枯竭。

由於有著這樣的情形，因此……

「我沒辦法駕馭。因此，我要改造到讓現在的我能夠駕馭。」

「「……啥？」」

不只是羅莎，連懷斯也瞪大了眼睛。

「這有什麼好驚訝的呢？就算是『魔王外裝』，也一樣是魔裝具啊。都是以魔法賦予特殊屬性的武裝，就這麼簡單。既然如此，只要改寫術式，也就能改造成我能夠駕馭的東西。」

「不不不不！理論上是這樣沒錯啦！可是，過去從來沒有一個人能夠辦到！你不也知道嗎？要改寫賦予在物品的術式，就必須徹底理解這些賦予上去的術式！」

「如果是尋常『魔導士』賦予的術式也還罷了，為『魔王外裝』賦予的，可是『魔王』啊。他的術式內容千奇百怪……試圖解讀的人，多半都發瘋了。」

就連懷斯也以懷疑的表情看著我，羅莎的表情更顯得認定這辦不到。我就在他們兩人面前，準備改寫術式。

「『開啟』『本質之門』。」

我進行兩小節詠唱後，三種「魔王外裝」跳出了由幾何學紋路組成的魔法陣。

三個魔法陣的大小各約六梅利爾。考慮到這個時代的賦予術式幾乎都不滿十瑟齊，這的確堪稱破格的大小。

我看了看四種術式後，伸出手指迅速比劃。

「「咦，等，咦！」」

羅莎與懷斯又異口同聲了。

接著他們開始在我身後嚷嚷個不停，說什麼明明據說這只有「魔王」才有辦法解讀，或是本座真的想讓他當丈夫了之類的，但我全都當作沒聽見。

我淡淡地改寫術式，把內容改寫成符合我現在的水準。

另外，針對脛甲我還變更了最根本的術式內容本體。這本來是賦予了高速運動用的屬性，但現在我需要的是高速飛行。

我就這樣順利地改寫術式，結果——

「你真的是超脫常識啊。」

懷斯夾雜著苦笑這麼一說……

「可是，就是因為這樣，她才會被你吸引吧。」

然後微微嘆了一口氣。接著他開始淡淡地述說：

「你只知道現在的伊莉娜，多半會覺得難以置信，但她在認識你以前，一直都把自己關在房子裡。」

我的注意力一瞬間轉移到他說的話上，停下了改寫的動作。

「對當時的伊莉娜來說，別人全都是恐懼的對象。她本能地理解到，祕密是不可能永遠保持下去的。正因為這樣，她才會認定其他人終有一天會變成迫害她的人……多虧了你，她才變成現在這樣，但以前真的很嚴重。」

……在我看來，伊莉娜懷抱的祕密沒什麼大不了的。

但對當事人而言，多半是足以令她後悔出生到這世上吧。

一種無與倫比的特殊性，而且性質極其棘手。

但伊莉娜絲毫沒表現出背負這種沉重命運的樣子。不管什麼時候，都對我露出活潑的笑容。

……真不知道在那樣的笑容底下，她到底懷抱著多麼大的苦惱。

一想到這裡，就覺得心都要撕裂了。

「自從認識你以後，伊莉娜開始每天都會出門，甚至會做出上學這樣的選擇……其實，我也有著類似的過去，所以我才那麼擔心。擔心伊莉娜能不能好好活得像個人。可是，現在我一點也不擔心。剛才我也說過……這些全都是拜你所賜啊，亞德。」

懷斯道謝的同時，術式也改寫完畢。

懷斯似乎看出這點，換上認真的表情……

「一旦『魔族』的圖謀成功，就會有許多人犧牲。而且最重要的是……伊莉娜會死。我無法接受這樣的事實。她還有大好的將來，她的人生才剛開始。」

接著他雙手握緊拳頭，低頭說：

「人們稱我為英雄男爵，但我卻連自己的女兒都沒有能力去救……還請代替我這個沒出息的父親，救救她。我求求你。」

我尚未回答，女王羅莎開了口：

「她真的很不可思議啊，會大刺刺踏進別人心裡。起初見到的時候，本座也曾因為她的膽小而生氣……但現在她已經是本座獨一無二的好朋友。因此……本座也拜託你，請你救出伊莉娜。」

她也在懷斯身旁一起低頭。我對他們兩人露出微笑，回答說：

「請包在我身上。因為她對我而言……也是比生命還重要的朋友。」

我還想再看到她的笑容。所以，我說什麼也要把她救出來。

……哪怕結果會導致我們的關係結束。

我穿上「魔王外裝」，出了寶物庫，才剛離開王宮。

「亞德！」

吉妮甩動桃色的頭髮跑向我。她多半為了找我而四處奔波吧，只見她喘著大氣，汗水流得像瀑布。

「你要去救伊莉娜小姐……對吧……？」

「是啊。可是，這次會有相當大的危險，所以……我不准妳同行。」

我以堅定的語氣斷定，吉妮就臉色一沉，低下頭去。

接著她沉默了一會兒後，喃喃說起：

「你賜給了我力量……讓我有了自信……覺得自己，可以改變。可是……我交不到……朋友。我一直心灰意冷，心想只有這件事，一輩子都不會變……想說，我大概到死，都會孤伶伶的一個人，交不到朋友。可是……」

吉妮的眼睛被滿滿的眼淚濕潤。

「可是，伊莉娜小姐……說我是她的朋友……！」

吉妮哭得眼淚滴個不停，漂亮的臉蛋都皺在一起，說道：

「她說這樣的我……是她的朋友……！所以……！」

她發出嗚咽聲，呼喊：

「請你一定要救出伊莉娜小姐！」

吉妮用力朝我一鞠躬。

我看看她，然後……又看看遠方的鐘塔，微笑著說：

「嗯，多半還趕得上晚餐時間。那麼吉妮同學，就請妳做個咖哩等我們回來。因為我想伊莉娜小姐肚子一定餓了。」

我這麼說完，把魔力灌進穿在腳上的脛甲，啟動術式。隨即輕飄飄地飛起，正要一路飛上天之際——我忽然想起一件事，說道：

「啊，對了對了，剛才妳說妳沒有朋友。可是不只伊莉娜小姐，我也把妳當朋友看喔。」

吉妮仰望著我，眼睛瞪得像盤子一樣大。

她的表情讓我加深了笑意，對她說：

「等伊莉娜小姐回來後，我們再一起做蠢事，一起開懷大笑吧。」

「……好的！」

她的眼睛裡仍然有著眼淚，但已經不是先前那種悲痛的眼淚。我看著她那燦爛的笑容中摻雜的眼淚，微微一笑，然後——

縱身飛向已經逐漸染成暗色的蒼穹。

第二十話　前「魔王」ＶＳ狂龍王艾爾札德

◇◆◇

維拉姆德山脈。這位於拉維爾魔導帝國最北端的大山脈，以狂龍王艾爾札德的地盤著稱，別說是人類，連魔物都不會靠近。

這山脈自古以來，就是白龍族的棲息地。往年有著許多白龍在此休憩，是繁榮的龍族樂園……但因為某件事，艾爾札德將同胞悉數殘殺殆盡，所以在此地棲息的，就只剩她一個。

這沾滿鮮血的狂龍王居處，有著一座格外巨大的山。山頂高聳穿雲，有著幾乎穿進宇宙空間的標高。

而現在，一群「魔族」就以這人稱狂龍王居所的巨大山頂為舞台，正要進行「邪神」召喚的儀式。

上空，掛在暗色宇宙當中的月亮與星星光輝，妖異地照出了山頂的樣貌。

山頂是一片空間開闊的平坦地形，地面畫有巨大的特殊魔法陣。

魔法陣的正中央，伊莉娜被鎖鍊綁在祭壇上，流著冷汗。

她現在全身衣服都被脫光，露出一絲不掛的裸體。白而細嫩的肌膚透出珍珠般的汗水，大大的乳房隨著呼吸而搖動。

或許是對這少女的肢體興奮，等在她身旁的巨大怪物，亢奮地蠢動不已。

這被稱為混沌遺子的模樣，簡單說就是個觸手怪。無數觸手形成球狀，不停蠢動。正中央有個巨大的眼球，一直盯著因為恐懼與緊張而擔心受怕的伊莉娜。這個怪物，是利用多名「邪神」被「魔王」瓦爾瓦德斯討伐前留下的肉片所生成的。

拿擁有「邪神」部分肉體的怪物，以及繼承了「邪神」的血統，也就是有著邪神部分靈魂的伊莉娜，作為活祭品，藉此召喚被封印在異空間當中的一尊「邪神」。這就是本次儀式的全貌。而現在，「魔族」們正為了做好儀式的準備，將魔力灌注到腳下所畫的巨大特殊魔法陣當中。

艾爾札德看著特殊魔法陣發出淡紫色光芒的模樣，然後，朝身旁的這群「魔族」瞥了一眼。他們的臉上浮現出濃厚的緊張神情，讓氣氛十分凝重。這也難怪。對他們而言，這是長年來的夢想終於要實現的一刻。

看著看著，特殊魔法陣的魔力已經灌注完畢。

這時艾爾札德嘴角一揚，走向被綁在祭壇上的伊莉娜。

「嗨，伊莉娜，妳心情怎麼樣啊？」

聽到這個問題，伊莉娜含淚的眼睛轉為犀利，狠狠瞪著她。

艾爾札德心想——活該。看到這個明明跟自己一樣是怪物，卻待在溫暖環境裡的人，如今待在地獄最深處。對於伊莉娜所處的現狀，她感受到強烈的歡愉。

然後，她受一股嗜虐衝動驅使，說道：

「妳轉個頭……看，妳看得見那個噁心的觸手怪物吧？接下來，妳就要被那個觸手怪物凌辱喔。」

「凌……辱……？」

伊莉娜似乎聽不懂這個字眼的意思，眼神中有著不解。

「我就具體告訴妳吧。接下來，妳全身上上下下每個洞，都會有無數的觸手鑽進去。嘴巴、鼻子、耳朵是不用說……還有屁股，跟這裡也是。」

艾爾札德用手指頭，在伊莉娜的下腹部輕輕一劃。當手指到達她的私處時，伊莉娜……

儘管臉色蒼白，但仍維持住堅強，這麼回答：

「我一點都不怕！因為亞德一定會來救我！」

她臉上有的，是對一名少年絕不動搖的信賴。

他這個朋友，絕對不會辜負自己——她懷抱著這樣的確信。

這個模樣就好像是過去的自己……讓艾爾札德恨得不得了。

我要毀掉──艾爾札德嘴角上揚，為了滿足這個欲求而開口：

「如果亞德來到這裡，妳多半暫時會得救吧。可是啊，這樣好嗎？到時候，我就要把妳的祕密全都告訴他嘍。」

這話一出口，伊莉娜立刻瞪大雙眼，看向艾爾札德。

伊莉娜的臉上，已經沒有直到剛剛還有的堅強。表情像是在說萬萬不要這樣。看到她這樣的表情，艾爾札德揚起了嘴角。

「亞德的確強得超乎常人……可是，他終究是人類啊。他生來就是這個時代的人。既然如此……不用說妳也懂吧？他也和大家一樣。一旦知道妳的祕密，一定會討厭妳。會輕賤妳，認為妳是怪物。」

對於這番話，伊莉娜無話可說。

相信她是想反駁。例如反駁說亞德不是這種傢伙、說他是我一輩子的朋友，說他絕對不會辜負我。她多半想喊出這樣的話。

「就和過去的自己一樣」。

但她喊不出來。即使對亞德，她也無法信任到底。

這也難怪。伊莉娜的祕密，就是這麼大的炸彈。

正因為對此充分理解，艾爾札德笑了。笑得充滿惡意。

「如果他不來救妳，妳就會被怪物強暴到死。即使他來救妳，妳也會失去獨一無二的朋友。也就是說……妳的人生，已經完了。」

艾爾札德讓她那人偶般精緻的美貌扭曲得十分邪惡，對伊莉娜輕聲細語地說。

「節哀喔♪」

或許是到了這個時候，伊莉娜才總算自覺到自己所處的狀況是多麼進退維谷。

她戴上的堅強面具完全被扯下，然後……

剩下的是可悲的受害者少女表情。

她臉色鐵青，對接下來要落到自己身上的命運擔心受怕，連連發抖。

艾爾札德從她的這種模樣裡獲得了一定程度的滿足，於是為了得到更強烈的愉悅，開口說道：

「叫動混沌的遺子。就讓儀式開始吧。」

在她的呼喝下，許多「魔族」將手掌朝向怪物。

送出魔力，傳達我方的命令。結果混沌的遺子歡喜似的蠢動起觸手，慢慢靠向伊莉娜。

「不要……不要啊……不要過來……不要過來啊啊啊啊啊啊啊！」

伊莉娜的心似乎已經完全屈服。她死命想掙脫，但鐵鍊的拘束不容她脫逃。看到可怕的

怪物慢慢逼近，她大聲哭喊：

「救命啊！來人！救命啊啊啊啊啊啊啊！」

她私處流著體液，大聲呼喊。艾爾札德在充滿邪念的微笑中，看著她這樣——

混沌的遺子終於來到她身邊。

遺子動起無數觸手，伸向了她。黝黑又黏膩的觸手，來到伊莉娜的腳邊，慢慢纏上她的腳。

然後就像纏上骷髏的蛇一樣，掐緊她雪白大腿上的嫩肉，不斷往上挪動。

「啊哈哈哈哈哈哈！你們這兩個怪物很登對嘛！」

艾爾札德的鬨笑迴盪在四周。「魔族」們吞著口水，看著儀式進行的情形。

「不要！不要不要不要！住手！住手！」

無論如何哭喊，如何掙扎，都是白費力氣。混沌的遺子並不停止觸手，而那些又粗又黏膩的觸手，就要貫穿伊莉娜的私處之際——

混沌的遺子的巨大身軀，被爆炸的火焰吞沒。

「ｄｊ呼啊ｄｊｆｊ呼啊？」

怪物發出奇怪的哀號。許多觸手被炸飛，多處噴出綠色的血。這個情形讓「魔族」與艾爾札德都一瞬間看呆了……但等到隨即有東西從視野外高速飛來，貫穿遺子的眼球時，眾人全都看向同一個方位。

上空可以看到，一名少年以暗色的宇宙空間為背景，懸在空中。

看到他身穿漆黑外套，挺著一柄長槍的模樣，「魔族」們喧譁起來。

喧囂聲中，艾爾札德瞪著少年，露出獠牙似的笑了。

「來了嗎……！亞德．梅堤歐爾……！」

接著，少年露出悠哉的表情，緩緩落下。

他從天而降的景象，令人聯想起知名的歷史繪畫「魔王降臨」。

「各位螻蟻之輩，你們好啊。」

他在微笑中說出這句話的瞬間，全身釋放出壓倒性的厲氣。這威壓感之重，連名留神話的怪物——狂龍王艾爾札德，都不由得冒出冷汗。

「魔族」們更是被這孤身一人的敵人，震懾得一根手指也動彈不得。

在場的所有人，都是從古代世界生存到今天的老牌強將，無一不是精銳。然而他們每個都不例外，光是要回瞪少年都十分困難。

「這次各位可真是做出不得了的事情。」

他就像對惡作劇的小孩子說話，紅色的眼睛精光爆現。

「我一隻都不會放過，你們認命吧。」

他宣戰的同時，全身發出的厲氣更加高漲。

這絕對壓倒性的存在感，對於受害者伊莉娜而言，就是不折不扣的救贖。然而對於加害者「魔族」們而言，卻只會是恐怖的結晶。

這群身經百戰的戰士流著冷汗，一動也不能動。然而……

到了這時，他們的領袖老魔族展現了骨氣。

「不要慌！現狀明明在意料之內！照事先講好的方式行動！」

他的吼聲振奮了眾人。

「魔族」們不約而同露出充滿決心的表情而躍動起來。所有人轉眼間排列成隊伍……

「「『超越者啊』！『憑藉我之強雷』！『使汝走向滅亡！』」」

協力詠唱——這種只有經過長年訓練的集團才能運用的技術，帶來的力量也配得上學習的難度之高。

迅速完成的三小節詠唱過後，腳下顯現大型的魔法陣……聳立起巨大的光柱。

他們動用數十人一起發動的魔法，和符文言語不同，是以「魔族」特有的魔法言語所構成的特級攻擊魔法。

（這威力了不起，即使在古代世界也照樣管用吧。）

艾爾札德內心稱讚這些「魔族」。

虧他們能排練到這個地步。

一旦被這魔法打中，無論是多麼強大的敵人，相信都會被轟得不留痕跡。

「解、解決了嗎……？」

「中了我們使出渾身解數的一擊，不可能還活著……！」

「魔族」們確信會得到勝利。就連艾爾札德，也有了勝利的預感。

只是——當魔法的有效時間結束，光柱消失的同時。

「不好意思，要玩耍請去別的地方。」

每個人都驚愕不已。

「竟、竟然，毫髮無傷……？這，太離譜了……！」

年輕的「魔族」瞪大眼睛說出這句話。

亞德．梅堤歐爾優雅地站在原地，身上看不出一絲損傷。

這些「魔族」長年累積的鑽研成果，甚至無法讓他的微笑蒙上一絲陰影。

「那麼……接下來，輪到我了吧。」

亞德嘴上露出冰冷的笑容。

緊接著，他身邊顯現出了九個魔法陣。不是同一種魔法的多重發動。這是——

「竟、竟然是『九重發動（Nine Cast）』！」

老魔族發出驚嘆。魔法陣隨即接連發出攻擊魔法。

爆焰、雷擊、冰刃、土塊、衝擊、閃光、瘴氣、鐵樁、闇衝。

實實在在是一場壓倒性的暴力。

這些「魔族」身經百戰，一個個都是以一當千的怪物。

這樣一群人，卻被單方面地蹂躪。

「殺了他！快殺了他啊啊啊啊啊啊啊啊啊！」

「嘎啊啊啊啊啊啊啊啊啊！」

「腳、我的腳！腳啊啊啊啊啊！」

怒吼與哀號聲中，只見亞德悠哉地行使莫大的力量。

明明周圍只有敵人，孤立無援，處在堪稱絕望的狀況下。

但他一派輕鬆，彷彿在自己家庭園漫步，嘴上甚至露出微笑，單方面地擊垮敵人。而且……一個敵人都不殺。

「好厲害……！亞德果然好厲害……！」

就在艾爾札德身旁，被鎖鍊綁住的伊莉娜說得感動至極。

她的表情中，就只有著希望與讚賞。

沒有半點「魔族」們對亞德懷抱的害怕。

「……亞德，你算得很精準嘛。」

艾爾札德看到眼前的現實，流下了冷汗。

亞德・梅堤歐爾，尚未拿出真本事。

他為了不讓摯愛的朋友對自己畏懼，放水在打。

面對的還是一群足以應付上萬大軍的怪物。

這少年實實在在是個破格的異常人物。

「……你就那麼珍惜朋友，那麼不想失去朋友嗎，亞德・梅堤歐爾？」

艾爾札德喃喃說話的同時，發現了一件事。

他就和過去的自己一樣。

很像那個為孤獨所苦，尋求朋友，持續累積得不到回報的努力的自己。

正因為如此，艾爾札德才能深深懂他。

（相信如果他知道我的一切，也一定會懂我吧。）

（我們能夠成為相互知心的知己。）

（這是我一直想要的人，一直想要的關係。）

（可是，正因為這樣——）

正因為這樣……才更可恨。

「你為什麼不早點出生呢？」

太遲了。一切都遲得致命。即使現在拿到了想要的事物，艾爾札德的心也得不到安祥。

「如果你早點生下來，早點認識我……！」

她瞪著勢如破竹，一步步打倒「魔族」的少年。

「啊啊……好久沒有這樣的感覺了……」

因孤獨而發瘋的暴虐龍王，握緊了拳頭。

「我激動得要發瘋了啊，亞德．梅堤歐爾……！」

◇◆◇

我離開王都後，循著潔西卡老師，也就是艾爾札德的魔力痕追蹤。

不愧是從古代世界存活到現在的人物，還懂得對痕跡施加偽裝，花了心思防止追蹤……

只是終究不足以騙過我的眼睛。

歷經這樣的過程，抵達現場後，我先解決了那令人作嘔的整團觸手。

誰叫它想玷汙我們家伊莉娜，這是它活該。

接著我掃蕩了那些「魔族」……只是雖說掃蕩——

「嗚，啊啊……」

「眼睛……我的眼睛啊……」

我一個人都沒殺。畢竟奪走沒有價值的生命，有違我的美學，而且……

要是看到殺戮的模樣，伊莉娜就會忍不住怕我。

因此，「魔族」當中還有人多少能夠行動，但不理這些傢伙，應該也無所謂吧。無論肉體上還是精神上，他們都已經癱瘓。

「好了……」

我仔細看了看伊莉娜。仍被綁在山頂正中央的她……

不管怎麼看，果然都是全裸。

這是多麼無恥。竟然讓她這樣裸露……！

我一邊感受著心中一股對這些「魔族」而發的純粹怒氣，一邊走向伊莉娜，發動魔法。

我一彈響手指，鐵鍊周圍就顯現出魔法陣，讓綁住她的鎖鍊結冰。一會兒後，鐵鍊啪啦幾聲，應聲碎裂。

「哇～～！亞～～～～德～～～～～～～～～～！」

大概是之前真的很害怕吧，她平常的倔強已經消失無蹤。

伊莉娜眼淚流得像瀑布，劇烈搖動哈密瓜似的胸部，朝我跑了過來——

「我好害怕喔喔喔喔喔！」

她撲向了我。一頭銀色長髮的髮尾就像尾巴似的左右甩動，簡直像是一隻因為和主人重逢而歡喜的小狗。

……沒錯，伊莉娜是我的朋友、我的愛女，也像是我養的小狗。

腹部被兩團柔嫩的物體擠壓。映入眼簾的是豐滿的屁股肉。

換做是常人，多半會慾火焚身，但我沒有這樣的感情。說沒有就是沒有。

我輕輕抱住她發抖的身體，溫柔地摸著她的頭，開口說道：

「看來我來得遲了點。竟然讓淑女(Lady)以這種模樣見人……我實在是還不夠周到啊。」

我在嘆息聲中，把身上披的黑色外套脫給伊莉娜穿上。穿著這件外套時，隨時會被吸取魔力，但相對的可以將一定程度以下的攻擊完全無效化。這是現在的她需要的裝備。

而伊莉娜聽見我這麼說，連忙搖頭：

「才、才不會！被、被你看到裸體我也不會不好意思！反而，怎麼說……胯下有點癢癢的，總覺得，還有點舒服……」

「……關於這件事，回去後我們再慢慢討論吧。眼前還是先……」

我話說到一半，一股犀利的魔力洪流衝來。

我反射性地將繞有防禦魔法的右掌朝過去，整隻手掌感受到衝擊。

是雷屬性的低階攻擊魔法「閃電攻擊術」。

這攻擊的目的不是要解決我，是要吸引我的注意。

我朝出手的人，也就是艾爾札德看去。看來是我不在的時候發生過什麼事情，只見她一頭白金色的漂亮頭髮弄得有點髒，衣服也破破爛爛。

「哎呀呀，真有點難為情呢。現在的我很狼狽吧？像臉就完全沒化妝，假睫毛也在飛天的時候被吹掉了。」

「別說這些了，妳應該要在乎世人的觀感啊，觀感。竟然綁走天真無邪的美少女，妳待在天堂的媽媽都在哭了。」

「這很難說啊，畢竟我媽媽也挺怪胎的。」

談話內容沒有緊張感，但彼此之間沒有親暱。

我鬥志全開，對方也一邊變形，一邊釋放殺氣。

艾爾札德雙手長出白色鱗片，指甲變成鉤爪。人偶般精緻的漂亮嘴唇，也開到直至耳邊，頭部側面長出彎曲的角。

艾爾札德發出驚人的壓力，讓人產生一種彷彿震撼大氣，撼動大地的錯覺。這種威壓感……比起古代世界的強者們也毫不遜色。

「喔喔……！好強的氣魄……！」

「我們雖然輸了，但還有她……！」

「哪怕是大魔導士的兒子，也贏不了名留神話的怪物……！」

「魔族」們的眼睛裡，恢復了希望的光芒。

相反的，伊莉娜的表情中，則再度透出黯淡的神色……

「亞、亞德……」

她呼喚我的名字，更用力抱住我。

我輕輕摸摸她的頭，抱住她的腰，在她耳邊說：

「請妳放心，這樣的蜥蜴不是我的對手。我馬上就處理完，在這之前，就請妳想著晚餐吧。今晚我們準備了妳愛吃的咖哩，還請期待。」

我朝伊莉娜微微一笑，她的緊張也舒緩了幾分。

「嗯！」伊莉娜簡短回答，淺淺一笑的模樣，真的好可愛。

「喂喂喂，還秀恩愛給我看呢。你就這麼喜歡這個怪物？」

艾爾札德看著伊莉娜，露出充滿邪念的笑容這麼說……伊莉娜似乎對怪物這個字眼起了反應，才剛和緩下來的緊張，又再度變得明顯。

「這個女生啊，可不像你所想的那麼乾淨。其實她——」

「不要說！不要再說了！」

伊莉娜碧眼含淚，大聲呼喊。

但這似乎只是更加刺激艾爾札德嗜虐的感情。

她滿臉邪惡的微笑與黑心的期待，說道：

「她啊，有『邪神』的血統。我話先說在前面，這可是事實，不是胡說八道。正因為這樣，『拉斯．奧．古』那些人才會盯上她。」

伊莉娜的視線射在我臉上。擔心受怕、恐懼、不安，以及……絕望。

伊莉娜認為她說出的這個情報，已經破壞了我們的關係。

艾爾札德似乎也確信，這樣一來，就看得到她想看的悲劇。

對於這樣的她們——我若無其事地斷言：

「這種事情一點也不重要。」

「……你說什麼？」

艾爾札德似乎沒想到我會這麼回答，瞪大了眼睛。

而伊莉娜也一樣，她眼神中的感情顯然有了變化。

為了毀掉艾爾札德的圖謀，讓伊莉娜安心，我繼續說道：

「換做是一般人，多半已經做出了妳所期待的反應，但我是個沒有常識的人。管她是身上有『邪神』的血統，還是根本就是『邪神』，這種事情一點也不重要。重要的是——」

我說到這裡，先頓了頓，朝伊莉娜臉上看了一眼。我朝著她那透出不安與害怕的美麗面孔微微一笑，同時輕輕摸了摸她還在發抖的頭。

「重要的是，她是個值得敬愛的人。就只是這樣。伊莉娜小姐比誰都更體貼，而且有著比誰都更強的勇氣。看在我這樣的人眼裡，她這個人真的很耀眼……簡直像太陽一樣。所以我尊敬她。而妳用怪物這麼一句歧視的話切割她，我絕不會原諒妳。」

我把視線從伊莉娜移到艾爾札德身上。

我在眼神中灌注冰冷的殺氣與火熱的怒氣，說道：

「不要侮辱我的『朋友』。」

我毫不猶豫說出自己真心話的瞬間，伊莉娜在我懷裡發出了嗚咽。

然而，我不去看她。這時被我看，想必她不會高興。

手臂上傳來她的顫抖，其中已經不再有著害怕或恐懼，有的就只是劇烈的喜悅與安心。知道這些，就夠了。

「……哼～？也罷，不出我意料，沒關係啦。反正我還多得是方案。」

「是嗎？那我就硬碰硬，把妳的圖謀全部毀掉吧。」

我話一說完，放開抱著伊莉娜的手。

「請妳退開。就算有這件外套，還是一樣會有危險。」

「嗯、嗯！那種傢伙，趕快解決掉！」

「遵命（Yes），小姐（My Lady）。」

我在微笑中這麼一回答，伊莉娜就往後退開。

「好了，妳不但綁走我的朋友，還做出剝光她衣服這種無恥至極的行為。以及讓她擔心受怕到了極點，最後還說出侮辱的話。再加上……考慮到妳的戰力足以匹敵古代世界的英雄……」

冰冷到了極點的心，擅自催動了嘴唇。

久違的感覺，讓我感受到一種陶醉。卯足全力戰鬥，然後……

「妳似乎值得我親手去殺。」

我要摘去她勇悍的靈魂。光是神馳那一瞬間，尖銳的快感波浪就湧向全身。

我下意識中透出貪婪的戰鬥意志，似乎讓艾爾札德加重了戒心，只見她臉頰上冒著汗水，說道：

「……你真的是很讓我火大啊。」

接著，她擺好架式……

「讓我愈來愈想看到你絕望的表情了啊！」

她呼喊的同時，左手朝向我。剎那間，她手上顯現出黃金色的魔法陣。

數目是八個。這些術式似乎是以人稱原初魔法言語的龍言語建構而成，一起露出了利牙。

一瞬間後，魔法陣發出了蒼白的光線。

光線打個正著的同時，震得塵土飛揚。

緊接著艾爾札德繼續接二連三施放魔法，毫不放緩攻勢。

「好、好厲害的猛攻……！」

「真不愧是傳說的白龍……！實實在在是破格啊……！」

那些「魔族」發出戰慄的驚呼。

「亞、亞德！」

伊莉娜似乎擔心我的安危，呼喊聲撕裂了空間。

聽到她的呼喊，我露出笑容。

「不用擔心。先前我也說過……這樣的蜥蜴不是我的對手。」

我說得若無其事，這似乎加重了艾爾札德的戒心，她停下了攻擊。

等揚起的塵土漸漸散去，我的身影暴露在周遭的這些人眼裡。

「這……！」

「受、受到那樣的猛攻，卻還……毫髮無傷……！」

覺得不解的，不是只有「魔族」。艾爾札德也皺起了眉頭：

「……不對勁啊。看起來你沒發動防禦魔法啊。」

「這也沒什麼好隱瞞，我就告訴妳吧。全都是靠這把長槍。這把長槍有著將雷屬性攻擊魔法無力化的效果。」

「是喔，所以你才能把剛才的雷擊給無效化了？」

我們相視微笑，進行對話，然後——

「你以為這點小事就能讓我絕望嗎！」

艾爾札德再度施放出無數的雷擊。

「既然是魔裝具，總會有吸收上限吧？我會轟到它壞掉為止，好好吃個夠吧！」

沒錯，就如她所說，一旦迎來吸收極限，連「魔王外裝」也一樣會毀掉。

既然這雷擊是發自在古代世界都吃得開的強者，我看頂多只能再撐一百發左右。

可是……即使她能夠破壞長槍，也贏不了我。

艾爾札德接連對我發出雷擊，相較之下，我則只在對方攻擊的空檔之間，發出火焰。敵方似乎認為我的攻擊很消極，臉上露出了嘲笑。

「哈！怎麼啦怎麼啦！不進攻就贏不了喔！」

艾爾札德一臉得意地持續施放雷擊。

她的模樣之糊塗，讓我忍不住噗哧一聲笑出來。

「呵呵……艾爾札德小姐，妳……一大把年紀了，戰法卻像個年輕小伙子啊。」

我以冷笑回應她的嘲笑，而她正要進行反駁時……

「妳的腳下都不設防喔。」

往旁跳開的艾爾札德著地的同時……腳下噴出了超高熱的風暴。

是地屬性與火屬性的混合魔法「轟天爆彈術（Grand Bomb）」。

我從剛剛就一直在控制她的移動路徑。

結果就是這一下。

「唔，啊啊啊啊啊！」

我對在閃光與高熱漩渦中哀號的艾爾札德，送出冰冷的笑。

「妳的戰法，強烈顯現出絕對強者特有的缺點。強者苦戰的經驗少，戰鬥無可避免地會流於單調。因此，妳才會連這種沒什麼了不起的圈套都照中不誤。幾千年前失手的經驗，根本沒有發揮到作用啊。」

魔法的有效時間到，「轟天爆彈術」消失。

先前這一下，對艾爾札德所造成的損傷似乎十分嚴重。

我在冷笑中看著全身焦黑冒煙的她，舉起了長槍。

「在我看來，強者缺乏危機意識。原因大概就在於那種覺得自己絕對不會死，一定會贏之類的愚蠢幻想吧……妳似乎也是事到如今，還認為自己不會死，所以我就明白斷言吧。」

我握槍的手灌注力道。

「這個世界，不存在任何絕對不會毀滅的事物。」

我朝艾爾札德，擲出赤紅的槍。

長槍撕裂虛空挺進，精準地刺穿她的胸部。

勢頭並未削減，長槍拖著她全身，在山頂正中央挺進。

艾爾札德被刺穿的胸部灑出鮮血……

過了一會兒，連人帶槍消失在眼底一望無際的雲海當中。

「亞～～～～～德～～～～～～～～～！」

伊莉娜在呼喊中撲了過來。

「雖、雖然我相信你會贏！可是！我還是好擔心！還好你贏了！還好你沒受傷！太好了啊啊啊啊啊啊啊啊啊！」

這一戰，相信就連伊莉娜，也無法徹底相信我會贏。

她流下大滴的眼淚，慶祝我得勝。我緊緊抱著她，摸摸她的頭。

伊莉娜實在是棒透了。

「這、這是作夢……！肯定是作惡夢……！」

「那個狂龍王，竟然這麼……這麼簡單就……！」

「魔族」們說不出話來。然而，我沒有必要顧慮他們的心情。

這樣一來就全都解決了。之後只要回到王都，跟大家一起用晚餐——

就在我想到這裡時——

山頂下方一望無際的雲海中，似乎有東西在動。

剎那間，乳白色的雲迅速染為暗色，發出雷鳴——

耀眼的閃光，竄向宇宙空間。

接著——

「唔喔喔喔喔喔喔喔喔喔喔！亞～～～德！梅提歐～～～～～～～爾！」

她在撼動大地的轟然吼聲中現身了。

一頭穿破雲海，以三對翅膀飛翔的巨大白龍。

威風凜凜的模樣，實實在在不枉狂龍王的威名。

「還早呢！還沒完呢～～～～～～～～！」

一陣蘊含劇烈怒氣的轟隆吼聲過後，露出真面目的她眼前，立刻出現了黃金色的魔法陣。

「真受不了……太纏人的女性會被討厭喔。」

我皺起眉頭之餘，在腦內建構毫不保留的特級防禦魔法術式。

我在短短一瞬間完成術式，在消耗魔力的同時發動。

以我和伊莉娜為中心的半徑五十梅利爾範圍內，蓋上了厚實的黃金色護膜。

是由最高階防禦魔法「終極障壁術（Ultimate Wall）」組成的七層結構。

而我方的防禦魔法才剛完成——

「給我消失吧啊啊啊啊啊啊啊啊啊啊啊啊！」

艾爾札德施放了魔法。那是一道極粗的藍色光線。

規模足以一擊毀掉一兩座城。然而，我所架設的屏障，也是非比尋常。硬度高得讓尋常的龍根本無法打出半點損傷。

……可是，對手似乎也非比尋常。光線轟個正著，七層架構的第一層，被一擊打得粉碎。

光線的軌道上有著多名「魔族」……

「咿咿咿咿咿咿咿咿！」

我沒有餘力顧及他們。

我看著「魔族」們被光線吞沒，轟得不留痕跡的情形，潛心思考。

……看來這隻蜥蜴，從幾千年前被鎮壓以來，就一直留在這山頂啊。「魔素」有著離宇

宙空間愈近就愈濃厚的傾向。既然這個地方的標高夠高，相信濃度和古代世界的平均濃度差不了太多。

也就是因為長時間在這樣的地方度過……

「嚕喔喔喔喔喔喔喔喔喔喔喔喔喔喔喔喔喔喔喔喔喔喔喔喔！」

艾爾札德才會幾乎完全不因為時代的變遷而劣化吧。

第二擊又吞沒了幾名「魔族」，再度一擊粉碎了屏障。剩下五層。

……果然弄成這種情形啦？看樣子我這個人是徹頭徹尾運氣不好。

「伊莉娜小姐。」

我在心灰意冷中，朝她的臉看了一眼。

她的臉上有恐懼、害怕，但是，也有著對我的信賴。

亞德會想辦法解決——這種信賴，為她帶來了希望。

伊莉娜，不管發生什麼事，我都會保護妳。

無論結果變成怎樣都無所謂。只要她活著，那就夠了。

我明明由衷這麼想……心卻不由自主地編織出這樣的話語：

「如果可以，希望接下來的戰鬥，妳不要看。」

伊莉娜多半是聽出了我聲調中的悲痛，只見她臉上浮現出問號。

我對這樣的她什麼都不說……

脫下了亞德・梅堤歐爾這個面具。

讓人格轉變為「魔王」瓦爾瓦德斯。

「『他的路上有的是絕望』『那是一個悲哀男人的人生』。」

我開始詠唱。詠唱我最高最強的法術──「專有魔法（Original）」。

「『其人孤身一人』『雖有人追隨』『卻無人共同行走霸道』。」

剩下五層的屏障之中，又有兩層碎裂。

「哈哈哈哈哈！你絕望吧！亞德・梅堤歐爾～～～～～～！」

聽見艾爾札德的叫聲，伊莉娜臉上蘊含的恐懼神色變得濃厚。

我用力抱緊她，以便讓她安心，同時繼續詠唱。

「『沒有任何人懂他』『每個人都遠離他』。」

終於只剩一層。但我的詠唱也即將結束。

「『連唯一的朋友都背棄他』『他落入了瘋狂與孤獨的汪洋』。」

最後一層遭到粉碎。她張開魔法陣，準備施加最後一擊。接著──

「『他的死沒有安詳』『擁抱悲嘆與絕望而溺死』『想必那就是』──」

「『孤獨國王（Private Kingdom）的故事』。」

我的「專用魔法」現身。

無數魔法陣在周圍出現又隨即消失，最後——出現的是一名女子。

她很美。真的很美。白銀的頭髮留到腰間，有著成熟的美貌，尖尖的耳朵。

無論經過多少時間，她的美都不會有絲毫減損。

她的全身被黑色的拘束衣束縛……

【威脅認定等級：Ⅲ。解放拘束百分之十五，開始防衛活動。】

她發出無機質的嗓音，維持人偶般的面無表情，強行掙脫了右手的拘束。

這一瞬間，艾爾札德朝我們發出了極粗的光線。

對於射來的光線……她舉起手掌。

打個正著。然而，當這一擊接觸到她手掌的瞬間，就像被吸走似的消失無蹤。

「那什麼東西……！」

我沒有義務回答。因此，我進行到下一階段。

我接近召喚出來的她。她立刻微微轉頭，看了我一眼。

她的美貌與伊莉娜有幾分相似。一雙碧眼中並未蘊含任何表情，就彷彿……

不，事實上，她就是一具人偶。就只是一具被困在我靈魂當中的可悲人偶。

我對這樣的她訴說：

「……好久沒跳舞了，一起跳支舞吧，『莉迪亞』。」

【遵命（Yes），主人（My Lord）。】

她配合我的意志，迸開全身的拘束……

她擁抱我全身。剎那間，她全身籠罩在光芒中，完成了變化。她化為閃閃發光的流體，纏上我的右手，變成暗色的鎖鍊。這纏在我整隻右手上的鎖鍊最前端，有著一把巨大的黑劍。

我輕輕摸了摸化為武裝的她……然後瞪著艾爾札德，說道：

「我就在妳的地盤陪妳打。跟我來，下賤的蜥蜴。」

我建構飄浮術式並發動。身體輕飄飄地浮空，然後一瞬間高高飛起。

「竟敢跟龍打空戰！我就讓你用死來彌補自己的傲慢！儘管對自己的無力絕望吧！」

艾爾札德張開三對翅膀，跟著我飛翔。

我們在離宇宙空間極近的地方對峙。

「妳從剛剛就滿口絕望，囉唆個不停……但看樣子妳還不懂什麼叫做絕望啊。要對我說這句話，妳還早了一千年呢。」

接著我睥睨敵手，冰冷地撂話。

「就由我來讓妳知道，什麼才是真正的絕望。」

我露齒一笑，艾爾札德就全身一震。

但她立刻發出鬥氣……

「有本事你儘管試試看！」

解放凶猛的感情。

在龍的領域——空中進行的戰鬥，就此宣告開始——

◇◆◇

白龍艾爾札德的魔法攻擊下，「魔族」的人數大大減少。

但並未全數遭到殲滅……

憑著「魔族」特有的治癒能力，他們被亞德·梅堤歐爾打出的傷勢，也已經充分痊癒。

既然如此，他們該怎麼做呢？

當然就是該達成自己的使命。應該撲向眼前不設防的活祭品伊莉娜，離開這裡，繼續進

行儀式。

……應該這麼做。活下來的「魔族」無一例外，每個人都這麼認為。

然而，他們動彈不得。儘管充分掌握到自己該做的事，卻無法付諸實行。

一切的原因，就是眼前的光景。

「那是什麼東西啊……！」

「這、這是……現實嗎……？」

「原來我們，對上的是那樣的東西嗎……！」

那實實在在是神話的世界。

暗色的蒼穹，黑與白劇烈碰撞。

眼看紅色閃光亮起，緊接著又有藍色的波動掩蓋整片天空，不絕亮起的光芒中，白與黑的閃光劃出鋸齒狀的軌跡。

他們完全無法理解這是在做什麼。

連這些被世人視為怪物而畏懼的「魔族」，都無從理解。

他們只知道一件事。

比起上空的這兩個人，他們的存在是多麼渺小。

每個人都痛切感受到了這一點。

接著——不知不覺間，眾人不約而同地雙手交握，跪到地上。

「啊啊……！啊啊……！」

「請恕罪……！還請恕罪……！」

每個人都全身戰慄，牙關咬得咯咯作響，祈求饒命。

他們心中有的，是絕對的畏懼。

當人面臨無法理解的狀況，又或者是面對絕對壓倒性的存在，就會變成這樣。

會放棄所有思考，對眼前的偉大事物獻上祈禱。

「魔族」們的心中已經沒有使命感，也沒有對主人的忠誠。

對這兩隻怪物的強烈畏懼，完全粉碎了他們的心——

◇◆◇

「魔族」們陷入恐慌，精神屈服，如今除了祈禱以外什麼都不敢做。

離他們近在咫尺的精靈族少女伊莉娜，也全身發抖。

她毫無間斷地承受著伴隨兩個怪物戰鬥而發生的衝擊波，小聲說道：

「那就是，認真模式的亞德……！」

連超凡入聖或破格這類的形容詞，都已經不足以形容。

想來他們的行動速度，已經接近光。

施展的魔法，也全都有著一擊就能毀滅一座城市的威力。

而他將這樣的力量，運用得理所當然。

那已經是神的領域。遠遠超出了人類的領域。

正因如此，伊莉娜才由衷有了這樣的想法。不由自主地這麼想。

覺得他好可怕。

……到頭來，自己根本就沒能懂亞德。

只是自以為懂了。

但現在，伊莉娜充分了解到了亞德是個什麼樣的存在。

因此……會忍不住想在自己與他之間，劃清界線。

就像人崇拜神，就像人畏懼神。伊莉娜已經漸漸變得無法再將亞德，當成和自己一樣的人來看待。

接著，她也和那些「魔族」同樣，屈服於恐懼，雙手交握，獻上祈禱——

但就在她即將陷入這種狀態之際……

「我在想什麼啊！」

她雙手用力拍打自己的臉頰，為自己打氣。

她想起了先前亞德所說的話——如果可以，希望她不要看。亞德之所以這麼告訴她，理由正在於此。他害怕拿出真本事，伊莉娜就會離他而去。沒錯……就和自己一樣。

「亞德他……明明知道我的祕密……卻還說我是他的朋友……！」

那麼自己也一樣。也要一輩子把他當朋友。

絕對不讓他難過，所以——

伊莉娜瞪著在遙遠的上空所展開的神域之戰，握緊了拳頭。

要把這個光景，銘記在心。那就是自己該當成目標的終極到達點。

「總有一天，我也要去到那裡……和你並駕齊驅。這樣一來——」

這樣一來，相信自己心中萌生的這股對他的恐懼，也將消失。

到時候，相信兩人就能成為真正的朋友。

「亞德，你等著……！」

伊莉娜將堅定的決心深深烙印到心中，凝視著自己最重要的朋友——

◇◆◇

【下方傳來魔力反應。零點二秒後形成魔法陣的可能性：高。】

無機質的語音從暗色大劍發出的同時，我將注意力轉往下方。

就如戰鬥支援單元莉迪亞所說，零點二秒後，顯現出了黃金色的魔法陣。

從中發出了極粗的藍色光線。若非有她的預測，多半已經被轟個正著。然而，由於我事先知道會有魔法發動，也就有可能對應。

我朝著這威力窮凶極惡的熱線，將大劍一揮。這一劍觸及洪流前端的同時，艾爾札德的魔法被吸進劍中，就此消失。

同時我感覺到魔力逐漸得到補充。

吸收對手的攻擊，轉換為自己的魔力。這是我的「專有魔法」所具備的能力之一。

因此一旦發動「專有魔法」，除非動用一次就會幾乎耗掉所有魔力的大招，否則魔力就不會用盡。

而我一邊和艾爾札德一起飛馳在暗色的蒼穹……

【左方、右方傳來高熱反應。照現在的運動速度，將在三秒鐘後直擊。】

「建構加速術式。閃避後反擊。」

【遵命（Yes），主人（My Lord）。預備……建構完畢。加速。】

剎那間，劇烈的壓力壓上全身，我獲得直逼光速的速度來推進。不多不少，三秒鐘過後兩道熱線在背後對撞，驚天動地的衝擊與熱浪襲來。

我全身感受著灼熱，與莉迪亞一起建構術式。

「莉迪亞。代碼：阿爾法。預備。」

【了解。「處決之光（Execution Ray）」，預備…………完成，可發射。】

消耗魔力的瞬間，我前方顯現出無數魔法陣，總數六百六十六。

緊接著，數量龐大的魔法陣迸發出血色的閃光。高達數千道光線，撲向艾爾札德。對此她則以絲毫不像有著如此巨大身軀的敏捷動作來對應。

「太慢太慢太慢！」

她悠然拍動翅膀，以非比尋常的速度在空中飛翔。

她時而閃躲，時而抵銷，來應付這些直逼而去的光線。然而，就連艾爾札德也終究應付不來這樣的飽和攻擊……大約有一百道光線打個正著。

然而……損傷情形並不嚴重。三對翅膀中有兩片被打掉，左手連根被扯下，側腹部開出大洞。

但這點程度的損傷，對我們古代世界的居民而言，只能算是輕傷。

艾爾札德的全身也的確在轉眼間重生，迅速完全痊癒。

「哈哈！當初我還以為慘了……但根本沒什麼！你的『專有魔法』，明明只是我們白龍

族『專有技能』的劣化複製版嘛！」

她的聲調中，有著得意的意味。相信她也真的已經確信自己會獲勝。

「白龍族只要吸收大氣中的『魔素』，就能治療傷勢。相較之下，你的『專有魔法』必須吸收對方的魔法。坦白說，以治療手段來說，只是二流的產物。雖然看來也有著大幅強化基礎能力（參數）的附加作用，可是……就算是這樣，這火力仍然不足以打倒這個狀態的我。」

她說得沒錯。現階段我火力不足，因此，我打不倒艾爾札德。

或許是因為當初還有過危險的場面，讓她也一度緊張，然而……

現在她已經確信自己會獲勝，陶醉在這種反敗為勝的昇華感當中。

所以，她說話的語調，就像一切已經結束了似的。

「我覺得你死在這裡，還幸福得多喔！……看起來你對我們腳下的伊莉娜懷著某種期待，但那是白搭。她雖然也是怪物，但你完全是另一個次元。說什麼是同類就能當朋友，那是不可能的。一旦她真的懂了你，她就會怕你……理所當然地背離你。」

艾爾札德斷定：

「這個世界，沒有友情，也沒有愛情。」

我從她的話裡，感受到一股沉重。

……相信伊莉娜也真的怕了我，我們的關係已經結束。一想到這裡，心情就轉為黯淡。

艾爾札德嘲笑這樣的我似的哼了一聲說：

「你就懷抱孤獨去死吧。這樣的下場，最適合你——」

她這番充滿憎恨的話說到一半——

就聽見一道喊聲撕裂了這句話，傳到我耳裡。

「加油啊啊啊啊啊啊啊！亞〜〜〜德〜〜〜〜〜〜〜！」

是伊莉娜的聲援。她的聲調中蘊含了畏懼……

但同時也蘊含了友愛。

「不可以輸給！那種傢伙啊啊啊啊啊啊啊啊！」

你要活著回來，回到我身邊。聽到蘊含了這種感情的這幾句話……我自覺到自己的眼睛被眼淚沾濕。

接著，我朝正前方飛在空中的艾爾札德，露出悠哉的微笑說：

「妳弄錯了一件事……我已經不再孤單。」

這句宣言，讓艾爾札德愈來愈顯出不悅。

「是嗎！可是啊，死掉可就一點意義都沒有啦。」

巨龍身前顯現出五個大型魔法陣。我瞪著這景象，開口說道：

「好了，萬事具備。差不多就開始吧。」

然後——我對莉迪亞下令。

為的是讓眼前這頭確信自己勝利的糊塗龍，嚐到真正的絕望是什麼滋味。

「莉迪亞。階段：II，預備。」

【了解。勇魔合身。轉移到第二型態。】

她回答的同時，繞在我右手上的鎖鍊，洩出黑色的氣息——

籠罩住我全身，引發變化。

我身上的衣服化為暗色的裝束，接著，頭髮轉變為凶煞的白髮。

「哼！只是模樣有點改變！又能怎麼樣！」

她不改得意的聲調大喊，發動了魔法。

浮現在艾爾札德眼前的五個黃金色魔法陣發出強光，就在這時……

【解析完畢。執行魔法取消程序。】

無機質的聲音從大劍發出……五個魔法陣隨即碎裂。

「什麼！」

艾爾札德發出驚愕的呼聲。聽來她完全搞不懂發生了什麼事。

然而，她似乎立刻找回了氣勢，再度讓眼前顯現出五個魔法陣，大喊：

「結束了！亞德・梅提歐爾！」

她一聲令下，這次魔法真的發射出來。

只是——發出的光線並非射向我，而是朝她直衝。

「～～唔！」

這實實在在是出其不意中的出其不意。就連艾爾札德也躲不開這一下，所有攻擊都正中目標，在她全身開出五個大洞。

「這……是……怎樣……？到底發生……什麼……？」

我對大惑不解的白龍，揭曉了謎底。

「妳剛才得意地大談我的『專有魔法』不怎麼樣，但吸收只是這魔法的能力之一斑。我『專有魔法』的真髓……在於解析和支配。」

「解析和……支配……？」

我對一邊療傷一邊問起的敵人點了點頭。

「正是。當我換成這個模樣，對於敵方所行使的一定程度以下的力量，就能夠加以解析。然後……一旦解析完畢，就可以將這種力量納入我的支配之下。不只是像剛剛對妳做的這樣，造成魔法的走火，還可以解除術式上所施加的偽裝，加以複製，將所有祕術都納為己有。也就是說——」

我將黑色大劍的劍尖指向敵人，在微笑中斷定：

「妳的攻擊全都屬於我。因此，妳不可能勝利。」

艾爾札德全身一震。她表情不變，但心中多半已經萌生了絕望。我就再推她一把。

「我的『專有魔法』，會讓我隨著和好友的靈魂融合率提高而改變形態。而我，還剩下兩個形態沒用到。妳明白這代表著什麼嗎？」

對於這個問題，艾爾札德全身顫抖……

「唔，喔喔喔喔喔喔喔喔喔喔喔喔！」

她在嘶吼中展開一共七個魔法陣，準備從中發射藍色的光線。

「我說過沒用。」

我發出冰冷的聲音，控制敵方的魔法陣。

結果，艾爾札德再度被自己的攻擊射穿全身。

「唔，啊啊啊啊啊啊……！這、這……這太……離譜了……！」

白龍全身開出七個大洞，大量的鮮血灑得像下雨一樣，發出苦悶的呻吟。看到她這模樣，我露出黑色的微笑，說道：

「如何？這才是所謂真正的絕望。知性生命最為絕望的瞬間，就是從確信勝利的強烈昇華感，突然往下摔的時候。除此之外我還有很多絕望可以教人……不過很遺憾的，能教妳的就只到這裡。」

我大劍的劍尖指著她不動，宣告：

「狂暴的龍之王啊，妳就在絕望中受死吧。」

對此——艾爾札德一邊療傷，一邊全身發出怒氣。

「別開……玩笑啦啊啊啊啊啊啊啊！要死的人是你啊啊啊啊啊啊啊啊啊！」

她嘶吼過後，開始了最後的垂死掙扎。

「『夫爾姆』『埃維薩』『葛威尼斯』……有本事你就解析看看啊！」

她以龍言語詠唱後，眼前出現了一個尺寸大得離譜的魔法陣。

目測遠超過一百梅利爾。

……原來如此。這個等級的術式，現階段的確無法解析。然而……

「不需要解析，硬碰硬打垮就是了。」

我不改臉上的微笑，對莉迪亞下令：

「代碼：西格瑪，預備。」

【了解。「終局之零（Ultimatum Zero）」，預備。】

剎那間，我眼前重疊顯現出七個巨大的黑色魔法陣。

【魔力填充率，百分之三十……百分之四十……百分之五十……】

很快地，七個魔法陣開始旋轉——發出巨大鐘聲似的噹噹聲。

「『艾維歃』『路法沙』『烏爾維斯』『阿茲拉』……」

隨著艾爾札德的詠唱，她的魔法陣也慢慢旋轉——

發出尖銳的叮叮聲。

【魔力填充率，突破百分之七十。】

彼此的魔法陣各自運轉出聲，我們犀利的視線互碰。

【百分之八十……百分之九十……百分之九十五……充填率已經抵達百分之百。】

就在我做好準備的同時，敵方的詠唱也迎來了尾聲。

「給我消失吧！『古龍噴吐（Elder Breath）』！」

黃金色的巨大魔法陣，發出更加耀眼的光芒。我瞪著這情景……

【隨時可以發射，請問是否發射？】

「沒什麼好說。『終局之零』，發射（Fire）。」

於是——

黃金色的魔法陣迸出藍色的洪流。

暗色的魔法陣迸出紅色的洪流。

兩者一氣呵成地釋放出來。

兩股有如大瀑布的光線，相互對撞。

紅與藍，兩者相互抗衡，激盪出劇烈的光芒與衝擊波。

這足以繞行星辰數周的巨大衝擊，讓我的白髮劇烈飛舞。

相持不下的狀態持續了整整三十秒，但隨即漸漸失衡。

我發出的龐大紅色流線，漸漸吞沒藍色的光線，很快地——

「太、太離譜了！這太……離譜啦啊啊啊啊啊啊啊啊啊啊啊！」

巨龍發出充滿絕望感的叫聲，全身也跟著被光線吞沒。

紅色洪流一路朝宇宙空間挺進，等有效時間結束後，終於漸漸縮細，最後只留下些許紅色的粒子，消失無蹤。

之後什麼也不剩……

本來應該是這樣。

「……哦，這我可沒料到啊。」

眼前的光景，讓我微微吃驚。

我自認並未手下留情。這「終局之零」我是卯足全力施展。

但中了這一招，艾爾札德卻還活著。

該說不愧是名留神話的龍嗎？這還是第一次有人中了這個魔法之後，仍然活下來。雖說比起全盛期，我的王牌也已經變弱，但承受了這道攻擊卻還活著的事實，確實值得讚賞。

只是話說回來——

「咕……唔……」

她的模樣實實在在是遍體鱗傷。已經失去將近六成的體面積，而且似乎因為剛才的大招而幾乎耗盡魔力，連自行再生都辦不到。艾爾札德的性命，已經無異於風中殘燭。

正當我伸手準備摘下她的性命時——

「我會死……嗎……一個人活著……又孤伶伶地……死去嗎……」

微弱的話聲傳進耳裡的瞬間，我對取她性命的最後一擊有了遲疑。

死前的話語，會顯現出這個人的本性。艾爾札德所說的話……

有著無底的悲哀與孤獨。

這讓我的判斷延宕了一瞬間——

「我……不要……！我怎麼可以死……！我要殺……！殺得乾乾淨淨……！」

到了白龍全身迸發出非比尋常的殺氣時，我才總算回過神來。

但為時已晚，在我施加最後一擊前，敵人已經先有了行動。

艾爾札德全身變得愈來愈透明。這是……轉移魔法。

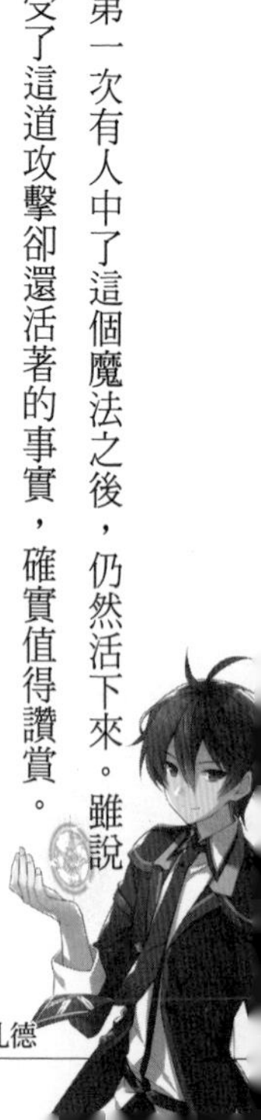

我試著發出「熱焰術」，火焰穿透她的身體，並未造成任何影響。

「亞德．梅堤歐爾……！我……對你——」

話說到一半，她已經完全消失。

「……簡直像個快要哭出來的小孩子啊。」

她臨走之際，我從她金色的眼睛裡，讀出了悲傷與寂寞。

正史中記載，她背叛了一個成為她朋友的女人，是個毀滅了國家的可怕怪物，但在我看來，實在不覺得她就只是個怪物。

我滿心覺得，她有著某些地方跟我很像。

……不過，這件事無論現在我怎麼想，都無濟於事了吧。

我看向右手所握的黑劍，說道：

「莉迪亞，這次辛苦妳了。回到我靈魂中吧。」

【遵命（Yes），主人（My Lord）。】

暗色的大劍與纏在手上的鎖鍊，都化為輕煙消散。同時我變了樣的全身，也恢復本來的面貌。之後，我再度戴上亞德．梅堤歐爾這個面具，下到眼底的山頂……看向伊莉娜。

我這麼一看，她便全身一震……啊啊，果然變成這樣啦。看到我最後發動的魔法「終局之零」，大概讓她改變了想法，讓她的心完全屈服了吧。剛才還對我送出聲援的她，已經不在了。

無所謂啦。我已經習慣孤獨。而且和莉迪亞那次不一樣，這次我保住了她。光這樣就已足夠——

「哎、哎呀~亞德果然好厲害啊！」

伊莉娜活潑地開了口，截斷了我的思緒。

她直視著我的眼睛裡，有的不只是畏懼……更有著堅定的決心。

「真不愧是我的『朋友』！我也不能輸啊！我要變得更強更強，然後……」

她把自己的心意，總結成一句話，說了出來：

「我會變成一個你可以依靠的女生。絕對會。」

這句話……讓我鼻頭一酸。

哈哈，我真傻啊。伊莉娜怎麼可能背棄我呢？

因為這個女孩子，比任何人都善良。

我擦著積在眼角的淚水，開口說道：

「伊莉娜小姐……妳願意，繼續當我的朋友嗎？」

「那還用說！以後也請多多關照了，亞德！」

我們就像第一次見面時那樣，握了手。

握手時我笑得緬靦。

伊莉娜則像個三歲小孩，灑出天真無邪的笑容。

在幾千年後的未來，我總算，真正擺脫了孤獨——

「——對了伊莉娜小姐，妳繼上次之後，又伸出了左手吧？」

「啊！抱、抱歉！我、我沒有惡意啦啊啊啊啊！」

雖然發生了很多事，不過就讓我用這句話總結吧。

伊莉娜有夠可愛的啦！

第二十一話　前「魔王」，環境有了各種改變

所有的善後工作結束後，英雄男爵懷斯，以及大魔導士傑克、卡拉等三人，正在馬車上感受著搖晃，踏上歸途。

「不過話說回來，這次的事情怎麼看都有蹊蹺啊。」

「是啊，真的～有好幾個地方都不對勁～」

聽坐在對面的兩人表達疑念，懷斯也點頭認同。

「就是啊。而且光是這次的事件會發生，這事情本身就實在太不對勁。」

他之所以如此斷定，理由有二。

首先，是懷斯與伊莉娜的消息走漏。知道他們一族有「邪神」血統的人，還不到十人，其中沒有任何一人有著可能與「魔族」勾結的跡象。因此，不知道消息到底是如何走漏的。

第二是「魔族」的總數。由於他們這個種族人數極少，先前所引發的事件，規模都很小。即使是十幾年前的「邪神」復活，也是累積許多小小事件之後才達成的結果。過去的歷史上，幾乎不曾引發過這次這種大規模的事件。

這次的事件中被討伐的「魔族」人數達到數千人之多。如果失去了這麼多的人員，「拉斯．奧．古」理應會陷入接近瓦解的狀態。

如果假定他們把一切都賭在本次的伊莉娜綁票案上，的確是說得通，然而……

以組織頭目為首，重要幹部都並未來到現場，從這點來看，應該要想成這次的擄人事件，對他們而言並不是什麼重大的計畫。

那麼，為什麼屬於少數種族的「魔族」，會將這個需要付出莫大犧牲的計畫付諸實行呢？

對此他們找不出令人信服的答案，只覺得謎團愈來愈深。

「……不管怎麼說，以後伊莉娜多半會每天都暴露在危險當中吧。」

「我想也是。不過，大概不用擔心吧。你們想想。」

「畢竟伊莉娜有我們家小孩照應嘛～」

所以不要緊。兩人表示這樣的確信，懷斯也表示同意。

「也對，只要有他照應，就沒有問題。只是……當他知道我們所懷抱的『另一個』祕密時，他會做出什麼樣的選擇，一切就看這一點了，是吧。」

懷斯喃喃說完，翻開了一本為了聊以消遣而帶來的書。

超越時代的暢銷書，以「魔王」為主角的英雄譚第九十八卷。在這套一共兩百一十五卷的大長篇裡，這第九十八卷就以描寫最大悲劇而知名。

「『魔王』親手殺害了好友『勇者』莉迪亞。這本英雄譚裡，說理由在於莉迪亞的背叛……但實際上，『魔王』為什麼會對好友下手，真相並未揭露。」

這是歷史上的一大懸案，至今仍是學者們爭論的焦點。

不管怎麼說——

「我們是『邪神』的一族——是過去的『勇者』莉迪亞的後裔，這件事說什麼也得隱瞞到底。對亞德——不……對『魔王』，絕對要保密。」

傑克與卡拉都以鄭重的表情點頭。

三人早在亞德·梅堤歐爾展現其實力之一斑時，就發現他是「魔王」的轉生體。理由五花八門，但……

最根本的問題，就在於亞德·梅堤歐爾出生這件事本身就不對勁。

畢竟傑克與卡拉，這兩個人稱大魔導士的人，雖然是夫妻，卻絕對不可能進行生小孩所需的行為。原因很簡單……

因為他們兩人都是同性戀。

因此當卡拉懷孕時，三人就產生了疑惑。

亞德在村子裡表現出來的種種非常識言行，更將他們的疑惑轉變為確信。

「……伊莉娜遇到亞德那一天，她難得想到外面去。對於這件事，她說是因為感受到命

運的引導……這也理所當然。因為我也是一眼看到他，就感覺到了某種命運的引導。」

懷斯嘆息著心想，就不知道這個命運，是會走上幸福的結局呢？

又或者……會像祖先「勇者」那樣，走上悲慘的末路？

懷斯將不安表現在臉上，兩名大魔導士也以緊張的神情對他說：

「說不定，並不是這麼重大的理由就是了。」

「萬一，對他而言是精神創傷……」

「把伊莉娜和莉迪亞看成同一個人的結果，他們兩人的友情也許就會瓦解。」

三人同時嘆了一口氣。亞德與伊莉娜，他們前途多難。

如果能把真相隱瞞到底就好，但這多半很難。

因為所謂的祕密，就是一種無論如何掙扎，遲早都會揭曉的東西——

◇◆◇

伊莉娜綁票案得到解決後，我周遭的環境有了很大的改變。

首先，那個講師化計畫，由於我搶回伊莉娜這件事獲得高度的肯定，變成學生兼講師，有時必須上台執教。為什麼會變成這樣？

接下來，還有一個改變。

那就是住處。已經知道伊莉娜的情報被敵人得知的現在，可以說她二十四小時都處在危險的狀態，因此隨時必須有人護衛。

這護衛人選就決定由我擔任。

因此呢，我和伊莉娜隨時都一起生活起居……

住的地方，也由校方在貴族用的宿舍，為我們準備了雙人房，讓我雖然身為平民，卻破例住在貴族用的房間。

分配給我們的房間大得無謂，地板上鋪了豪華的紅地毯，室內正中央有著一張有頂蓬的大床。跟平民用的房間大不相同。

不說這些了，我們用完晚餐，到了入浴時間。聽說貴族用的宿舍裡，附設了巨大的入浴設施，但當然不是男女混浴，所以一旦去那兒洗澡，伊莉娜就會有很長一段時間沒有人陪。因此，為防萬一，我們決定暫且在房間內所設的淋浴間解決洗澡問題。

「呼～～好清爽～～」

伊莉娜在舒暢的喊聲中，從淋浴間走了出來。

一條浴巾。就只有這麼一塊布，遮住她一身凶惡的兵器。

雖然她對此似乎並不怎麼在意……

怎麼回事呢？我就是覺得臉頰發燙。

要說這種情緒是羞恥，又覺得不太對。

是因為前幾天，我和她加深了感情嗎？就是這個原因，讓我……

不對，別想了。也許只是一時起意。

之後，我和在我眼前換上薄紗睡衣的伊莉娜，閒聊了一會兒……

今天也決定睡在同一張床上。

這個房間裡，莫名地只準備了一張床。

我馬上申請第二張，然而……

「就睡同一張床有什麼關係嘛！我每天都想和亞德一起睡！」

聽她天真無邪地講出這種話，我也無法拒絕。

「那、那麼，我們差不多該上床睡覺了。」

「嗯！」

伊莉娜開心地點點頭，和我一樣躺到床上去。她理所當然地翻到我身旁，模樣就像一隻享受對主人陪睡之樂的小狗。

這是為什麼呢？我就是會緊張。我果然……就在我想到這裡的一瞬間——

咚～～～～～～！的一聲巨響迴盪在室內。

我們以為有刺客，跳了起來……但看來不是。

床邊的牆上開出了大洞，就在牆壁另一頭——

「晚安～♪」

魅魔族少女吉妮笑瞇瞇地揮著手。看來她是搞壁咚結果打壞了牆壁。她湊過來，爬到床上後……

「其實今天我搬到兩位的隔壁房間來了。所以我就想說既然這樣，乾脆弄成三人房♡以後我們就是室友了，還請多多關照喔♡」

對著滿臉陽光笑容的吉妮，伊莉娜滿臉通紅發出怒吼：

「開、開、開什麼玩笑啊啊啊啊啊啊啊！」

「啊，對了對了，亞德！關於我從之前就在推動的一百人後宮計畫，已經找到了看起來挺合適的女生，所以下次介紹給你認識喔♪」

吉妮無視於急怒攻心的伊莉娜，又說出不得了的話來。

「請、請等一下。一百人後宮？這是怎麼回事？」

「亞德，之前你不是說過想要交到一百個朋友嗎？我就想說你的意思就是在宣告，不是只要五六個人，是要建立一百人等級的後宮。」

不，完全是誤會。我只是正常地想交朋友，沒有人限定女生。

我這麼辯解，但吉妮根本聽不進去。

「要建立一百人的後宮，這個房間實在太小了呢~將來就搬到大一點的房子裡去吧！不用擔心，憑亞德的本事，要買一兩棟大宅是輕而易舉！所以後宮成員的選定就請包在我身上！」

「不，哪有什麼包不包在妳身上，這根本上就——」

「我之前明明也說過，絕不許開什麼鬼後宮啊啊啊啊啊啊！」

伊莉娜強行插話，和吉妮展開一場劇烈的舌戰。

我從旁看著這景象，苦笑著說：

「看來今後也不會無聊啊。真的……」

後記

從前作就在追的各位讀者，好久不見。

從本作開始看的各位讀者，幸會，我是下等妙人。

本作是將正在「成為小說家吧（小說家になろう）」網站上連載的拙作，從頭頂到腳尖都進行過加筆修正而成的作品，也就是進行了所謂的書籍化。

那麼各位讀者，提這個是大大地扯開了話題，但……今年的那個季節也來臨了呢。

沒錯，就是「魔物獵人」的季節。

大談自己實在令人惶恐，但我是從無印那一代就開始玩的老玩家。最近由於工作忙碌，實在沒什麼時間玩遊戲，但只有「魔物獵人」我仍然說什麼都會去玩，我就是這麼一個如假包換的獵人。

所以 CAPCOM 啊，還請施捨我工作（拉工作拉得好直接）。

所以呢，一月二十六日上市的最新作「魔物獵人 世界」，我也已經玩了一百五十小時左右。

對應主機跟前作不同的這一點，評價是有褒有貶，但對於一直期盼能在ＰＳ４上玩到「魔物獵人」的我而言，實實在在是個好消息。畫面變漂亮所帶來的恩惠非常驚人，像是自己捏的大叔角色也變得帥氣，大叔角色變得帥氣，還有大叔角色變得帥氣。真的超棒的啦。

……咦？女性角色？我才不管那些。

其他還有很多很多，如果要讓我暢談本作的魅力，一點都不誇張，我肯定用得掉一百頁的篇幅，所以這個話題就先到此為止。

那麼，我們稍微換個話題。所謂的作家生活，很會累積壓力。

時而痛切感受到自己的筆力之差，時而因為想不到題材而心急，時而因附近小孩子不顧慮周遭的叫聲而覺得不敢領教，時而在附近孩子們天真無邪的笑聲中看到以前的自己而沮喪，時而因附近小孩的生活聲響而不耐煩……作家這個職業，就是擺脫不了壓力。

還在作家生活第一年的我，講這種話實在有點厚臉皮，但我認為作家這種職業，處在承受壓力的狀況下，執筆活動實在很難有多少進展。

因此，我認為作家應該要找出一套自己的壓力消除方式。

然而，我遲遲找不出這樣的方法，一直很辛苦。

我在寫本作的時候，主要也是附近的小孩子在對我造成壓力，讓我一直煩惱著該如何是好……就是在這個時候，我看見了光明。

有一天，我不經意地看著電視時，看到了那個廣告。

沒錯，就是離鈴蘭最近的男人山田孝之先生主演的「魔物獵人 世界」的廣告。

真的是非常震撼。一個老大不小的成年人，天真無邪，而且竭盡全力在扮魔物獵人。

他的模樣非常令人莞爾，而且……莫名地讓我好羨慕。

大概也就是因為這樣，不知不覺間，我也像山田先生一樣，開始扮起魔物獵人。

快到三字頭的大叔全力喊著「迪亞布羅斯～～～～～～！」在室內跑來跑去，又或者是大喊「加諾托托斯～～～～～～！」然後蹦蹦跳跳……那實實在在是下等妙人靈魂的吶喊。

相信就是這樣的吶喊，讓附近的小孩子也聽了進去吧。相信他們一定被一個大叔莫名其妙的嘶吼給嚇破了膽吧。你們活該。

不管怎麼說，扮魔物獵人為我的心靈帶來了療癒。

扮怪獸的奇怪舉動做得愈多，壓力就愈是消失……於是，我有了一個想法。想說，今後

也要繼續下去。

就在這樣的我，玩到壓軸的德斯傑基時——

「……你在做什麼？」

立了爸媽旗。萬萬沒想到會立爸媽旗。以前我在 nico 直播上看到直播主被爸媽發現，還哈哈大笑，是不是當時那樣的舉動招來了天譴呢？

爸媽定格，我也定格……這一瞬間，我暗自發誓，再也不扮魔物獵人了——這是騙人的。

沒錯，全都是騙人的。由於我缺題材寫後記，所以說了謊。

一個老大不小的成年人，怎麼可能在那邊大喊「迪亞布羅斯～～～～～～～！」呢？

啊哈哈哈哈。

……好了，最後我要說謝辭了。首先是責編大人。本作也給您添了天大的麻煩，還請原諒遲遲沒有長進的我。

接著要感謝提供插畫的水野早桜老師。真的很感謝您提供那些把伊莉娜畫得真的有夠可愛的插畫。

再來要感謝支持網路版的各位讀者。多虧各位的支持，本作才能走到書籍化這一步。真的非常謝謝各位，今後也要請大家繼續給予支持與愛護。

最後，請讓我對拿起這本書的讀者，送上超乎極限之上的感謝。

那麼，祈禱我們能在第二集再相見，本篇後記就在此擱筆了。

下等妙人

國家圖書館出版品預行編目資料

史上最強大魔王轉生為村民A. 1, 顛覆神話的模範生 / 下等妙人作 / 水野早桜插畫 ; 邱鍾仁譯. -- 初版. -- 臺北市 : 臺灣角川, 2019.10-

面 ;　公分. -- (Kadokawa fantastic novels)

譯自 : 史上最強の大魔王、村人Aに転生する (1) 神話殺しの優等生

ISBN 978-957-743-301-5(第1冊 : 平裝)

861.57　　108014002

Kadokawa
Fantastic
Novels

史上最強大魔王轉生為村民A 1
顛覆神話的模範生

（原著名：史上最強の大魔王、村人Aに転生する 1 神話殺しの優等生）

2019年10月28日 初版第1刷發行
2022年3月28日 初版第2刷發行

作　者：下等妙人
插　畫：水野早桜
譯　者：邱鍾仁

發行人：岩崎剛人
總編輯：蔡佩芬
編　輯：黃怡珮
美術設計：宋芳茹
印　務：李明修（主任）、張加恩（主任）、張凱棋

發行所：台灣角川股份有限公司
地　址：104台北市中山區松江路223號3樓
電　話：（02）2515-3000
傳　真：（02）2515-0033
網　址：www.kadokawa.com.tw
劃撥帳戶：台灣角川股份有限公司
劃撥帳號：19487412
法律顧問：有澤法律事務所
製　版：尚騰印刷事業有限公司
ISBN：978-957-743-301-5